この美しい愛を捧げたい

～王とオメガと王子の物語～

CROSS NOVELS

華藤えれな
NOVEL: Elena Katoh

八千代ハル
ILLUST: Haru Yachiyo

CROSS NOVELS

contents

CROSS NOVELS

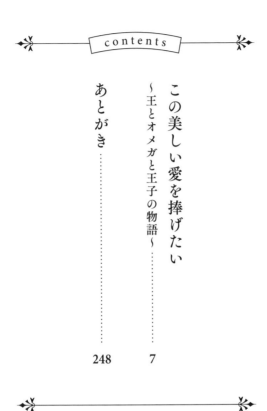

この美しい愛を捧げたい

～王とオメガと王子の物語～

プロローグ

しんとした暗闇《くらやみ》に低い声がむなしく響いている。

もうどのくらいこの迷路のような地下空間をさまよっているのかわからない。

「——ニコ、どこだ、どこにいるんだ！」

ニコ、ニコっと、何度、呼びかけても返事はない。

ただ石の壁や天井にぶつかった自分の声が反響し、こちらにもどってくるだけ。

「ニコ、ニコ……っ」

その声が遠くのほうでエコーとなって響いていることから、ここがとてつもなく広く、大きな洞窟《どうくつ》のような場所なのだということがわかる。

果たして彼はどこにいるのか。

ニコに会いたい。彼を救いだしたい。

ただその想いにつきうごかされ、海の底で溺《おぼ》れるように無明の空間でもがいている。

——ニコ……！

こうして光のない暗闇にいると、なにも見えないはずなのに、ぼんやりとこれまで見たいくつもの彼の顔が記憶のなかから泡のようによみがえってくる。

黒い世界のむこうからそれだけが光り輝いて浮かびあがってくるのだ。

『レヴァンさん、そばにいてくれてありがとうございます』

そう口にしたときの、少しはにかんだ笑顔。

『はい、どうぞ。とってもおいしいって評判なんですよ』

ふわふわのクレープを焼き、差しだしてきたときの甘い笑み。

『ぼくはこの子のものを作っているだけで幸せなんです』

小さな蠟燭《ろうそく》の明かりをたよりにベビー服の白いブラウスに薔薇《ばら》の刺繡《ししゅう》をしていた姿。

それから赤ん坊のふっくらとしたほおにキスしていたときの天使のようなほほえみ。

月を見あげていたときの、今にも消えてしまいそうな儚《はかな》げな後ろ姿。湖に映っていた憂いを帯びたまなざし。

なにもかもが恋しい。すべてが狂おしい。この手のなかにあたり前のように存在していた、なによりも大切なものだった。

だが一瞬にして砕け、あっという間に指のすきまからこぼれ落ちていった。おれの愚かさ、おれの過ちによって。

——どうしておれは……あんなことを言ってしまったんだ。

やり場のない後悔の念が腹の底を熱くする。こらえきれずこぶしで石の壁をたたいていた。少し遅れて手の甲に痛みが奔《はし》る。だがそれよりも心が痛くてどうしようもない。

——おれは……ニコのことをまったくわかっていなかった。

おれが伴侶《はんりょ》になり、彼の連れ子の父親になって、みんなで幸せな家庭を築くという平凡な夢を見ていたのに。

たとえ疑似家族でも、おれはそれを真実にしようと夢見ていた。

いや、夢ではなく、そうするつもりでいた。

それなのに、おれは彼を信じなかった。

魔性のオメガ——ニコルイ。

そんなうわさどおりに性悪で、どうしようもない淫乱で、強欲なオメガだと疑ってしまった。

あのときは、誰もがそう口にしていた。

一度寝たら誰でも彼の虜《とりこ》になってしまい、気づけば人生が狂わされている。王族たちが彼をあらそって刃傷沙汰《にんじょうざた》を起こしたとも。多くの人間がそう証言していた。

うわさだけではない。彼の身分証も役所にあった彼の生い立ちも、次から次へと出てくる証拠は、すべて彼が「魔性のオメガ」だと肯定するものだった。

——けれど……けれど……本当の彼は……。

誰も彼のことを理解していなかった。

身分証ですら、ただの紙切れでしかなかったのに。

あれはたしかにニコの人生だ。それが事実ではあったかもしれないが、真実ではなかった。

それなのに、おれはわかっていなかった。

おれが愚かだったから。おれが彼への恋ゆえになにも見えなくなっていたから。

『あなたは、誰を愛したのですか?』

そう問いかけてきたニコ。

琥珀《こはく》色の眸《ひとみ》が、あのときはこの地下空間のように光のない闇色だった。

誰を、誰を、誰を――――。

あの声がずっと耳から離れない。

おれが知っているニコを信じればよかったのだ。今ならそれがわかる。

そうするだけでよかった。そうすれば幸せになれたのに。みんなで笑顔になれたのに。

――そう……ニコを救うことができた。

つきあがってくる重苦しい後悔の念が刃となって自分の心臓を抉《えぐ》ってくる。

今さらこんな懺悔《ざんげ》をしても遅いかもしれない。

けれど、せめて、せめて、彼を抱きしめたい。そして謝りたい。

「ニコっ、答えてくれ。おれの声が聞こえるなら、どうか！」

この暗闇のむこうに、きみはいるのか。おれはきみに会ったら、どうすればいい？

ここに閉じこめられたまま朽ちていかないために。

ニコ、きみに会いたい。きみに謝りたい。

そして伝えたい。ここで果てるしかなくても、最期の瞬間まできみを抱きしめ、愛していると伝え続けたい。

ニコ……。

光のない暗闇のなか、彼を愛していること以外、おれはもうなにも考えることができなかった。

1　ローズティの店へようこそ

「いらっしゃいませ、どうぞそちらのお席に」

このところ毎日、昼過ぎになると、次々と店に客が入ってくる。

仕事の休み時間に労働者たちや、小さな子供と楽しそうにやってくる家族づれで、狭い店内は一気に埋まってしまう。

今日は午後から雨が降るかどうか、今年の祭の『薔薇の精』は誰になると思うか。隣の国の戦争はいつ終わるのだろうか。

はしゃいだ話し声が狭い店内をざわつかせるなか、ニコはめまぐるしくカウンターとテーブルを行き来していた。

「今日のランチ、四人分、お願いします」

「はい、ありがとうございます」

「こっちは二人前ね」

「はい、お待ちください」

笑顔で対応しながらランチ用にと用意した皿をひととおりだすと、次は食後のデザートの準備を始めなければならない。

くるくる、くるくると丸い形のふわふわなクレープを焼きあげると、店内に甘いバターの香りが広がって空腹が刺激されてしまう。

近くの果樹園が届けてくれる季節のフルーツ——苺《いちご》や桃やメロンを入れ、たっぷりのカスタードクリームと生クリームをくるんだお菓子とローズティーを出す。

最近、ここ、薔薇の谷と呼ばれている小さな街の郊外にできた『ニコの幸せガーデン』というカフェが大人気だ。

このワラキア公国は、国土のほとんどがダマスクローズであふれる美しい国である。

周囲には巨大な軍隊を持った強国がひしめいている。

だが騎馬で越えるにはけわしい山脈と、細い橋しかない渓谷や川、それから黒海に囲まれた地形が自然の要塞《ようさい》となって外部からの侵入を困難にさせている。

おかげで静かでつつましい平和が保たれていた。

街には、一年中、甘くてさわやかなダマスクローズの香りが漂い、あちこちにローズティーやローズウォーターのお店がある。

ニコの店もそのひとつだ。ひとりで営んでいるので、メニューは多くない。

朝は甘いパンとコーヒーと採れたての季節のフルーツ。

ランチはヨーグルトスープ、ムサカという挽き肉のグラタンと串焼きハンバーグ。それからコロンカという名前の通り、王冠型のふわふわの焼きたてパンにサワークリーム。

そして午後のお茶の時間は、フルーツとカスタードクリームと生クリームをたっぷり入れたくるくるクレープとローズティー。

開店から閉店まで客が途切れることがない。

それでも午後四時にはしっかり店を閉めることにしている。

経営しているのは、店名と同じニコという二十歳過ぎの若者だ。ひとりで経営しているのもあり、早めに閉店して明日の準備をしなければならない。

「どうしよう……ぼくだけでひっそりとやっていくつもりだったのに、誰かを雇わないとやっていけないね。ミカリスの世話もあるし」

午後のティータイムの片付けをしながらニコは店のすみ――小さな囲いのあるベビーベッドで遊んでいる男の赤ん坊ミカリスに声をかけた。

「どうしたらいい？」

ミカリスは大きな目を見ひらいてにこにことしている。

「ぶーぶーぶー……ニコきゅん」

「わかるわけないか、ミカリス、まだ赤ちゃんだもんね」

「……ニコきゅん……だあ……だあ」

一歳を過ぎた程度のミカリスには、それだけしかまだ口から出てこない。しかも「ニコくん」とはっきり発音できず、「ニコきゅ……」という感じだ。

おむつでパンパンにふくらんだズボン、それから愛らしくおしゃぶりしている姿。この地方特有の刺繍入りの真っ白な赤ちゃん服がとても似合っている。

ふわふわとした金褐色のやわらかな髪、くりくりとした琥珀色のつぶらな目、それからぷっくりとしたほおがとても可愛い。

同じような、刺繍入りの白シャツを着ているのもあり、よく似た親子だねと言われるのがニコはとてもうれしい。

服装だけでなく、金褐色の髪、琥珀色の眸と白い肌という共通点のおかげだ。

「なあ、ニコ、いつもながら大変そうだな」

声をかけてきたのは、カウンターでお茶を飲んでいるペテルというおじいさんだ。この店の薔薇は、彼の薔薇園からわけてもらった株が元になっている。

「え、ええ、ありがたいことに毎日完売です」

「いいかげん誰か雇ったらどうなんだ？　求人紹介所にたのんだら、多分、すぐに誰かをまわしてくれるはずだよ」

「それはそうなんですけど」

カウンターに立ち、乾燥した薔薇の花びらを砕きながらニコは苦笑いした。

「無理なんですよ、求人紹介所には……ぼくは流れ者の移民で、ちゃんとした国民じゃないから」

正しくは流れ者の移民ではなく、一時的に住むのを許可された戦争難民だ。

正式な国民でなければ、紹介はしてもらえない。

何の保障も与えられていないのだ。だからといって国民になりたいと審査の申請をするのもはばかられる。

できるだけ自分の存在をまわりに知られたくなかったからだ。ここに自分がいること、そしてミカリスという小さな赤ん坊と暮らしていることを。

「おまえさん、隣のモルダヴィアから避難してきた戦争難民だったな」

「え、ええ」

「それじゃあ、国の求人所は使えねーか。あ、そうだ、古典的だが、貼《は》り紙《がみ》をしたらどうだ？　まあ、ここだとそんなに大勢に見てもらえないかもしれないが」

「貼り紙……ですか？」

「ああ、今の季節がチャンスだ。夏の間だけ農場や薔薇園で働いている労働者が冬場の仕事をさがしている。近くの鉱山もそうだ。冬場は閉鎖されるからな」

「そうか、そうですね」

「うちの薔薇園の掲示板にも貼ってやるよ」

「ありがとうございます。まずはお店の前に貼って、誰も来なかったらペテロさんの薔薇園にもお願いすることにします」

あまり大げさなことはしたくなかった。なるべく目立ちたくないのだ。

本当は誰も雇いたくはなかった。けれどこのままだと店が立ちいかなくなるので、どうしても人手が必要だ。

この店がなければ、ミカリスとふたり、生きてはいけない。

ニコひとりだけなら季節労働者でも病院の看護でも何でもできるのだが、四六時中、赤ん坊の世話をしながら働ける仕事を見つけるのはなかなか大変だ。

今、せっかくこの店が軌道に乗っているのだから、何とか続けていく方法を考えなければと思っている。雪掻《か》きや薪割《まきわ》りが必要になってくるのでせめて冬の間だけでも。

——急募！　店員募集。短期の秋から春まででも可。主な仕事は接客、薔薇とハーブ作り。薪割りや水汲《みずく》み、雪掻きなどの若干の肉体労働あり。経験不問。住みこみ可。子育て中の方は、子供部屋もあります。

ニコは大きなボードにチョークでそう書いて外に出た。

森の手前にある石造りの古い一軒家だが、二階を使っていないので、住みこみを希望するひとがいれば、そこを使ってくれればいい。

数年前までは老夫婦が旅人用の旅籠《はたご》として使っていたので二階もあるのだが、今は一階しか使っていないのだ。

老夫婦には子供がいなかったのもあり、彼らが亡くなったあとはずっと廃屋になっていた。

「誰かきてくれるかな」

ひんやりとした夕暮れどきの風が首筋を撫でていくなか、ニコは目を細め、店の前に広がっている森を見つめた。

うっそうとした針葉樹が林立する深い森——このむこうに大きな湖と山がある。切り立った山々を越えると、内戦中のモルダヴィア王国がある。

ニコの故郷だ。難民としてこのワラキア公国にくるまで、ニコはモルダヴィア側の国境沿いの修道院にいた。家族はいない。六歳のときに父親と母親が次々と亡くなり、ひとりぼっちになったニコは正教会で育った。

修道士見習いをしながら賄《まかな》いを手伝っていたのだが、人手が足りなくなり、隣接している附属のハーブ園と施療院にも顔を出すようになった。

そのおかげで、修道士に必要な勉強以外に、料理、薬草学、看護学の勉強もでき、今の生活にとても役立っている。

――従業員が見つかったら、裏庭のハーブももっとたくさん育てて、冬場の間に色な薬草を作っておきたい。ミカリスのためにもなるし、お客さんに売ることもできるし。

今、あの修道院にいた司祭さまや他の修道士たちがどうしているのかわからない。内戦が起きてバラバラになり、施設もめちゃくちゃになってしまった。

ニコは戦禍をのがれて雪山を移動する難民集団に加わり、病人や怪我人の世話を手伝いながら食べ物をもらって、春の始め――数カ月前にこの街に辿《たど》りついた。

小さな赤ん坊をかかえて生きていけるかどうか――当初はそんな不安しかなかった。

それでも難民の保護をしている、さっきのペテルさんの薔薇園で世話になり、何とか食いつなぐことができた。赤ん坊がいるということで、逆に優遇してもらえたのだ。

その後、この店を始め、幸いにも地元のひとが集まるようになり、ようやく生活が軌道に乗り始めたけれど、反対に評判がよすぎるせいで忙しくなってきた。

「ニコ、ニコ」

ぼんやり森を眺めていると、後ろから声をかけられた。ふりかえると、近くにある貴族の屋敷で働く使用人の女性たちがこちらを見ていた。

「暗くなる前に早く家に入りなさい。最近、このあたりには熊が出るのよ」

「そうよ、狼も出るし、野盗もいるから気をつけて」

たしかにもう森の奥が暗闇に包まれ、空気もひんやりとしていた。

夕暮れどき、日が陰ると、見慣れたはずの森がどこか違う場所のように思えて怖くなる。呑《の》みこまれそうな気がするのだ。

そろそろ夏が終わる。今までは昼が長く、午後八時を過ぎてもまだ昼間のように明るかったけれど、これからどんどん夜が長くなっていくだろう。

初秋のうちに葡萄《ぶどう》や桃も手に入れて、自家製ワインやジャムを作っておきたい。

薔薇やハーブもしっかりたくわえておかなければいけないし、冬を越すための薪もたくさん準備しなければならない。

「一日も早くいいひとが見つかりますように」

幼いときからの癖もあり、ニコは胸の前で十字を切ったあと、看板に背をむけた。

店の横の寝室をのぞくと、ミカリスが寝息を立てて眠っている。

もうすぐミルクの時間だ。そのあとは入浴、明日の準備とやることが山積みだ。

「お湯、ためておかないと」

この建物の裏の岩場に温泉があり、旅籠だったころ、旅人たちが利用できるようにそこからひいたお湯を溜《た》めて入れる浴槽《よくそう》がある。

薔薇の花びらを浮かべて入浴するのが日課になっていた。

——温泉とお風呂があるのはすごく助かる。ローマ風呂ほどの規模ではないけど、お湯が十分にあるからいつも清潔でいられる。

本当にこの建物を借りることができてよかったとしみじみ思う。

住んで建物の換気と手入れをしてくれれば助かる、それだけでいいと、街の職員がただで貸してくれている。

森の近くにある元旅籠の建物が廃墟のままだと、路上生活者の住《す》み処《か》になったり野生動物の棲《す》み処《か》になったりしてしまうからだ。

『住んでくれるだけでいい。身分証があれば、難民でも大丈夫』

そんなふうに言われ、建物を一棟、貸してもらえることになったのだ。

一階の食堂を掃除してカフェにし、その奥にある小さな寝室を自分とミカリスの部屋にしている。

その部屋とは反対側のドアを開けると、裏の物置になっていて、奥に浴室がある。

あとは地下の貯蔵庫。それから二階に四室ほどの客間がある。ここは使っていない。

――きっと旅籠もやったほうがいいんだろうな。人の出入りが多いほうが安全だから。

大きな森の前に建っているのでさっきの女性たちが心配していたように熊や狼といった野生動物、それから野盗に狙われる可能性がなくもない。

ニコは壁にかけてある弓矢と剣と斧《おの》に視線を向けた。

なにかあったとき、すぐに威嚇《いかく》できるよう、しっかりと武器は用意しているし、エプロンの内側にもいつも短剣をたずさえているが、いざとなったとき、きちんとミカリスを守れるか不安だ。

それに、危険なのは野盗や野生動物だけではない。

シングルマザーのオメガということで、時折、かんちがいした厄介な男性たちも呼びこんでしまう。

男娼と勘違いされることが多いのだ。だからいつも鍵だけはしっかりとかけている。

この街にはけっこう大規模な娼館や男娼館もあり、性的に満たされている人間も多いので、今のところ、鍵をやぶってまで夜這《よば》いにやってくるほどの輩《やから》はいない。

そうはいっても、できれば用心棒代わりもできそうな人に二階に住みこんでもらいたいのだが、それは贅沢《ぜいたく》だろうか。

——無理だろうな。働けるひとはみんなちゃんと仕事をしている。仕事をさがしているのはリタイアした老人か、貧しい家の少年くらいだ。子供をかかえたシングルのオメガだと大歓迎なんだけど、このあたりには滅多《めった》にいない。

あとは牢獄《ろうごく》から出てきたばかりの囚人くらい……。

「さあ、明日の準備をしなければ」

朝五時に起きて、パンを焼いている間に裏庭のハーブと薔薇の手入れをして、食べられそうなものは摘んできて、それから……。

そろそろ戸締りをしなければと思って見まわしていると、ベビーベッドから、ぐふぐふというミカリスの声が聞こえてきた。

「起きたんだね、ミカリス。じゃあ、ミルクにしよう。そうだ、プラムがちょうどいい感じに熟れてきたから明日はプラムジュースを作るね。ジャムにもしようね」

話しかけると、「ばあ、ばあ」とミカリスが手をたたいて喜ぶ。にぎると今にもつぶれそうなほどの小さな小さな手が愛らしい。

「ニコきゅん……ばあ……ニコきゅ……ばあばあ」

見ているだけで思わず顔がほころぶ。

天涯孤独のニコにとって、ミカリスはたった一人の家族だ。

まだ一歳だけど、頭がいいのでこちらの言っていることは何となく理解しているのがわかる。

プラムもジュースも何のことなのかその正しい意味までは理解していないはずだが、それでもいいことだというのはちゃんと頭の奥のほうで把握している気がする。

それともこちらが笑顔で話しかけてくれているので、そんな空気を感じ取ってくれているのか。とても感受性が鋭い赤ん坊なので。

山羊《やぎ》の乳を沸騰させて水で薄め、クリスタルの小さな瓶に入れる。口の先が尖《とが》っているのだが、これが哺乳瓶《ほにゅうびん》になる。

そうして店の椅子《いす》に腰かけ、ふわふわと微笑しているミカリスを抱っこし、哺乳瓶でミルクを飲ませていると、カラカラと鳴るドアベルの音と同時に扉がひらいた。

「いらっしゃいませ、あの、今日は……」

もう閉店しましたが……と言いかけ、ニコは口をつぐんだ。

「ここで雇ってくれ」

「え……」

「雇って欲しい」

いきなりボードを手に店内に現れた男に、ニコはミカリスにミルクを与える格好のまま、ぎょっと驚いたように目を見ひらいた。

思いきり汚い格好をした男だ。ここまでヨレヨレに汚れた人間はめったに見たことがない。

頭を覆ったマント、ボサボサの髪、左目に黒い眼帯、どこかで遭難《そうなん》してきたのかというようないでたちだ。

しかも杖《つえ》をついて、左足をひきずっている。

黒髪、黒い眸、凛々《りり》しい目鼻立ちをしているのはうっすらと頭のどこかでわかっていたが、このと

きのニコは彼の顔を見る余裕もなかった。

「あ……あの」

ニコはとまどいながらミカリスをベッドに置いて立ちあがった。

「働き手を募集しているんだよな？」

ボードをつきだされる。壁からはぎとってきたらしい。どうしよう、こんなひとがくるなんて予想外だ。若い男女か、子育て中のオメガがいいと思っていたのに。

ニコはミルクで汚れたエプロンをとった。首にはオメガの印のチョーカー、ボサッとした白シャツに膝にやぶれたところのあるズボン。貧乏そうな店主に見えているだろう。

「住みこみでもいいか？」

「あ、はい、二階に部屋があるので……」

しまった、こんな返事をすれば、すでに採用すると決めたようなものではないか。

「よかった。おれはレヴァン、よろしくな」

「あの……よろしくと言われても。あ、そうだ、薔薇作りの経験はありますか？」

一応、適性も考えなければ。それに人柄もわからないままでは厄介だ。

「ない。経験不問だと書いてあったぞ」

不機嫌そうな返事に、こんなひとを雇ってもうまくいかない気がした。どうやって断るのがいいだろう。怒らせると怖そうだ。

「……あ、じゃあ、カフェで働いたことは？」

「いや」

「ケーキ作りは？」

ないという答えを当然のように予想しながら、一応は訊《き》いてみる。

「食べたこともない」

ぶっきらぼうな物言いに、心を決めた。ここは客商売だ。こんなにむすっとした愛想の悪い男を雇ったら客が遠のいてしまう。だから、何としても断らなければと思った。

「あの……それでは……」

困ります——と言いかけたニコの前に、突然、男はひざをついた。怪我をした足を庇《かば》うようにゆっくりと、騎士が主君に礼を示すときのように。

「雇って欲しい。たのむ」

驚きに目をみはったまま、ニコは彼を見下ろした。

「寝ぐらと食べもの、この冬だけの仕事が欲しいのだが、足の怪我のせいで肉体労働はできない」

「どうして怪我を」

「戦争で。まだ少しひきずってしまう」

そうか。山と森を越えて来たのか。だからこんな格好をしていたのか。理由がわかってニコはホッと胸を撫で下ろした。

隣国からここまできたとき、ニコもボロボロのいでたちだった。

「仕事は何でもいい。鉱山ほど大変ではないだろう？」

何でもいいわけではない。ならず者とかお尋ね者だったらどうしよう……と不安に思ったニコの考えを察したのか、レヴァンと名乗った彼はボソリとつぶやいた。

「ならず者ではない。受刑中の脱走兵とでもいえばいいのか」

彼は身分証を出してきた。

――モルダヴィア王国。レヴァン・ヴロンスキー。二十三歳。王太子付の第一騎士。アルファ。ヴロンスキー公爵。

「公爵で王太子の第一騎士？　そんな身分のかたがどうして」

公爵といえば、王家と血縁のあるものだけが与えられる称号だ。

普通は騎士には与えられないのではなかったような気もするが、そのあたりのくわしいことはニコにはわからない。ただ貴族でも王族に近い高位だというのがわかる。平時なら、気やすく話しかけられる相手ではない。

「内戦で負傷し、騎士団長の軍隊に捕まって、しばらく牢獄に入れられていた」

ということは、このひとは、今の政権の敵ということか。

王太子は内戦で戦死した。そしてこの前、新しく国王として即位したのは、前国王の親族ではなく、軍隊のトップの騎士団長だというのを耳にしている。

「よくご無事でしたね」

「処刑前に脱獄してきた。モルダヴィアではお尋ね者扱いされているが、あくまでそれは隣国だけの問題だ。ここは治外法権だから追っ手はこないだろう」

モルダヴィアのお尋ね者……その言葉に思うことがあったが、それ以上、訊くのはやめた。

この国とモルダヴィア王国は、隣同士で、国境を接しているものの、友好関係にはなく、国交は結んでいない。治外法権。つまり囚人のひきわたし義務もない。この国にいる以上、隣といってもモルダヴィアとは何の関係もないということだ。

「住みこみで働ける場所が欲しい。どんな仕事でもちゃんと覚える。薔薇作りでもケーキ作りでも何でも教えてくれ。まじめに働く」

「そんなに……」

こんなにも真剣に働きたいと思ってくれているひとを雇えることこそ幸せなのではないか？

経験がなくても、覚えるのにそう時間がかかることではない。

すぐに仕事ができなくても、きっと一週間後には、このひとでよかったと思っているかもしれない。いや、きっとそうなる。そんな気がしてきた。

「元囚人だなんて言われて不安なのは当然だ。けれど、正直に伝えておきたい。盗みや殺人を犯して捕まったわけではない。ただ今の政権と対抗して捕まっただけだ」

本当に困っているような様子だ。こんなに真剣にたのまれているのにどうして断れるだろうか。それでなくても人手が足りないのだから。

理想と現実は違う。仕方ない。

怪我をしているけど健康そうだし、このひとでいいかな——と、妥協するような気分になりかけたものの、もう一度たのみこんできた彼の言葉にニコの胸は打たれた。

「半年でいい。春までの間、ここで働かせてくれ。そのあとは、平和のため、この命を捧《ささ》げるつもりだ。そのために、どうかおれに居場所を」

平和のため、命を捧げる……。このひとが求めているのは、そのための時間と居場所。それまでの間、ここで精一杯働きたいと言っているのだ。

ニコは考えを改めることにした。

――ぼくも……ぼくもそんな世界を求めている。ミカリスのためにも、平和で幸せな生活が続いて欲しいと。

妥協ではなく、このひとがいい。こんな気持ちのひとがいい。

ニコは考え直して、彼に手を伸ばした。

「でしたら、ぜひうちで働いてください」

「いいのか？」

祈るようなまなざしを見つめ、ニコは笑顔でうなずいた。

「え、ええ。ぼくもモルダヴィアからの戦争難民なんです。ですから平和のために命を捧げたいというあなたに協力したいと思います」

「さあ、どうか立ちあがってください」

「よかった。そうか、きみもモルダヴィアの。ありがとう」

レヴァンはほっと息をついて立ちあがると、安心したように微笑した。

「あ、でも、少しだけ確認したいことが」

「ああ」

「安い賃金しか払えないです。売りあげが悪かったら、住む場所と食べ物くらいしか無理ですけど、それでよければ」

「もちろんだ」

「あの……なにか得意なこと……ありますか？」

「剣、弓、馬術……」

困った……。

カフェに必要ないことばかりだ。そのとき、部屋の片隅で「ばあ、ばあ」と声を出しているミカリスに気づき、彼は目を細めた。じっと見つめたあと、ぼそりとつぶやく。

「赤ん坊というのは、皆、同じような顔をしているものだな」

「え……ええ、まあ……そうですね」

「育児ならできる。赤子のおむつを替えることもミルクを作ることも」

あまりにも意外な言葉に、ニコは思わず訊き返した。

「本当に？　お子さんがいらしたのですか？」

「いや、おれは独身だ。だが、赤子の世話をした経験……いや、経験するための練習をしたことはある、仕事で」

練習を仕事で？　一体、どこでそんな練習をするのかわからないけれど、嘘をついているようには見えない。

「それは助かります、まだミカリスは一歳ちょっとなので」

「赤子同然の年齢か」

歩み寄り、じっと見つめたあと、「この子はきみの子か？」と問いかけられ、「え、ええ」とニコはうなずいた。

「父親？　それとも母親か？」

一瞬、自分がなにを言われているのかさっぱりわからなかったけれど、すぐにハッとしてニコは「母親です」と答えた。

「そうか、オメガか？」

「え……あ、はい……オ、オメ、はい、オメガです」

あわててうなずいたものの、ひやっとしたせいか、口ごもったように答えていた。

「一応、こちらからも確認しておく。おれはアルファだが」

「その子もアルファですよ」

ニコの言葉に彼は目をすがめた。

「いいのか？」

さぐるように問いかけられたものの、意味がわからずニコは首をかしげた。

「なにが……？」

なにか不都合なことでもあるのだろうか。

「アルファを住みこみで雇ってもいいのか——と、念のため、訊いているのだ。おれ自身は不埒《ふらち》な真似《まね》をする気はないし、必要なら誓約書も書くが」

どうしてそんなことを訊くのだろう。

だけど、たしかにオメガがアルファを雇うというのはないことかもしれない。ましてや彼は故国では高位の貴族だ。

「あなたがそれでもよければ。カフェで働くというのは、アルファの方にふさわしいお仕事でないのはわかっていますが……ぼくも礼儀作法などなにも知らないので、貴族のかたに対して失礼な振る舞いをしてしまう可能性もありますし」

「いや、そういうことを尋ねているのではない」

彼は頭をボリボリとかいた。

「一体、なにが……問題なんですか？」

ニコは小首をかしげた。彼はニコから視線をずらした。

「オメガなら……アルファから襲われてしまう……とか、不安にはならないのか？」

「襲いたいのですか？」

「いや」

「なら、別にかまわないです」

もしかして自分の秘密がバレたのではと疑心暗鬼になったが、そうではなさそうだ。

基本的に一般的なオメガは「伴侶証明書」を出した相手以外とは関係できないようになっているので大丈夫だろう。尤《もっと》も、不特定多数のアルファに身売りする男娼もいるけれど。

「じゃあ、ここに住みこんでもいいんだな？」

「ええ、住みこみ希望なんですよね？」

「もちろんだ」

どうも会話が噛《か》みあっていない心地悪さを感じるものの、なにが原因なのかわからないので、そのまま話をすすめることにした。

「あの……では、どうぞよろしくお願いします」

平和のために命を……と彼が言った言葉に共感した。

どうしても雇われたいという熱心さにも惹《ひ》かれたけれど、本当にこの彼でいいのか、不安が残っていないわけではない。

自分自身に人を見る目があるかどうかわからない。修道院とそのまわりの環境しか知らないし、世界のことなんてなにもわかっていないと思う。

けれど悪いひとではない。彼の心に共感した。それだけは自分の勘を信じよう。

なによりミカリスが彼を見てニコニコとしている。ミカリスはニコよりもずっと感受性が鋭い。危険察知能力とでもいうのか、少し特別な力がある気がする。

悪人が近くにくると息苦しそうにしたり、声をあげて大泣きしたりする。心の良くない人物に対してもそうだ。そんなミカリスがずっと天使のように微笑している。外見はちょっと問題ありだけど、きっと中身は大丈夫なはず。

「きみの……名前は？」

「ニコです。息子はミカリス。ここで事情があってひとりで子育てをしています」

「伴侶の相手は？」

ニコは首を左右に振った。

「留守？　それとも」

「いいえ、最初からいないんです」

できれば自分の話はしたくなかったが、この程度のことは説明しないわけにはいかないだろう。

「では、シングルマザーということか」

「え、ええ」

口ごもりながらうなずく。

どんな反応をされるかと不安になったが、彼はまったくの無反応で、そのままくるっと部屋を見まわしたあと、「風呂に入りたい」とつぶやいた。

「あ、どうぞ。奥です。ちょうどローズバスを準備していたところなので使ってください」

彼のさりげない態度に少しほっとした。

「ローズバス？　ああ、このあたりはダマスクローズの原産地だったな。だからきみからも薔薇の香りがするのか」

「します……か？」

「ああ……すごく。この建物に入ってきたときもだが、きみの前にひざまずいたとき、甘くて優しい薔薇の香りがした」

そんなことを言われたのは初めてなので驚いたけれど、当然といえば当然か。

このあたりの人間はいつも薔薇に包まれているので、きっと、みんな、同じように薔薇の香りがするのだろう。だけど自分では自身の匂いに気づきはしない。

「お仕事のなかに、秋咲きの薔薇の世話や薔薇のジャムを作ったり、花びらを乾燥させたりする作業もありますが……いいですか？」

「ああ、いずれはおれからも薔薇の香りがするようになるのか」

ふっと彼が微笑する。つられたようにニコも笑った。

「そうですね、多分」

「不思議な気分だ。だが薔薇の香りはいい。好きだ」

「いいですよね、ぼくも大好きです」

「薔薇に触れられる仕事というのはとても優雅でいい。剣や弓を持つよりもずっと」

彼は自身の手のひらに視線を落とした。

指の付け根に剣ダコがある。手がとても大きくて、指の関節ががっしりと骨張っているのは、剣術できたえてきたからなのだろう。

「では、浴室にどうぞ。あちらです」

ニコが視線をむけると、彼は足をひきずりながら店を横ぎって奥へとむかう。

「待ってください」

ドアの前で彼がふりむく。

「よかったら、ここにもともとあった服ですが、あなたくらいのサイズだと思います、一応、綺麗に洗濯してますので」

客室にはこの国の民族衣装がいくつかあったので、ニコは自分サイズのものをほんの少しだけ手直しして着ている。

ここは元旅籠なので、もし旅人が立ち寄るようなことがあれば……と思って何点か用意しておいたのだ。お金に困ったとき、売ることもできるので。

他に大きな男性のものが数点あり、一応、全部着られるように直しておいた。

自分とミカリスの服もそうだが、それ以外にもカーテンやシーツ、テーブルクロスなどもたくさん作った。修道院時代から自分のものは自分で縫っていたので裁縫は得意だ。

だからミカリスのいる場所や持ち物を華やかにしたくてそんなものばかり作っていた。おかげで助かった。

「で、風呂のあと、おれは二階に寝泊まりすればいいのか？」

ニコは「はい」とうなずいた。

「客用の部屋が四部屋あります。どの部屋でも好きなところを自由に」

そのまま浴室にむかう男を見送っていると、腕のなかのミカリスが「だあ……だあ」と声をかけてきた。腰のあたりが重くなっている。

「あ、ごめん、おむつだね」

窓を開け、窓辺に座ってひんやりとした夜の風を感じながら、ミカリスのおむつを交換する。大きく澄んだ眸にうっすらと自分の顔が映っているのが見えた。

きっとニコの目にもミカリスが映っているのだろう。自分ではわからないけれど。

「こういうの、いいね。こういう時間、すてきだね」

こちらが口元に笑みを浮かべると、同じようにミカリスもふわっと笑う。この目と目で通じあう瞬間がとても愛おしい。胸の奥がじんわりと熱くなっていく。

このひとときの時間、この小さな世界、それがたまらなく優しい幸せをニコに感じさせる。

いつか、いつの日かこの子と離れるときがくるのはわかっている。

「ミカリス、大きくなるのはゆっくりでいいよ、ゆっくりで」

「ニコきゅ……ばぶう……」

「うん、そう、ゆっくりでいいからね、少しでも長く一緒にいたいから」

刻一刻と外が暗くなっていくのと同じように、この子との時間も一分一秒と刻まれ、やがていつか終わりをむかえるのだろう。

けれど少しでも長く、少しでも平和に、少しでもゆっくりとこの時間が続くことをニコは狂おしく祈っていた。

ミカリスのおむつを交換し、ニコは夕飯のクレープの具があるかどうか確認したあと、ミカリスに残りのミルクを飲ませ始めた。きっとあのひとも空腹だろう。

『シングルマザーなのか?』

その言葉にうなずくと、たいていの人間は、少し蔑《さげす》んだような眼差《まなざ》しでニコを見る。

伴侶の相手を決めず、「伴侶証明書」も出さず、性行為だけして子供を作ったシングルマザーのオメガというのは、この世界では良い印象を持たれない。

ふしだら、はしたない、だらしない、淫乱……そんなふうに見られてしまう。白い目で見られるのはやっぱり辛い。

あともうひとつ。哀れまれることもある。

『決まった伴侶はいません、この子はぼくがひとりで育てています』

そう言うたび、『ああ、それは大変だね』『困ったことも多いだろう』『かわいそうに』と心配してくれるのだ。優しさと思いやりで言ってくれるのだが、ミカリスといることで大変だと思ったことはないし、困ったこともない。

かわいそうどころか、こんなに幸せなのに。

――こういう問題……オメガになるまで……そんなに真剣に考えたことはなかった。

自分は侮蔑《ぶべつ》と憐憫《れんびん》をかけられる立場なのだ。よくない存在というレッテルを貼られるのだ。

それを肌で感じるたび、自分がとても汚くてみじめなものになったような気がして、ニコはその場で化石になってしまいたくなる。

石のように固まれば、なにも聞こえない、なにも感じない。傷つかなくていい。そう自分に言い聞かせ、石になる努力をする。

だけどレヴァンからは、ざらついたものはなにも感じなかった。無反応だった。こちらに関心がないせいだろうけれど、澄んだ朝の静けさのような爽快《そうかい》さに全身が包まれた。

すごく空気が軽くて楽だった。それだけでも彼を雇ってよかったという気持ちになる。

やはり同居し、一緒に働く相手は居心地のいい相手であって欲しい。それだけで救われる。この生き方を選んだ自分に勇気が持てるから。

「だあ、だあ……ニコきゅ……ニコ……き……」

ミルクをたっぷり飲むと、ミカリスはほおをふくませ、幸せそうに微笑する。

「おいしかった？　よかったね」

ニコは哺乳瓶を置くと、ミカリスの脇《わき》からそっと手を入れて背中を包むように抱きあげ、ふわふわとしたその髪にそっとほおずりした。

甘いミルクの香りがする。子供特有のその匂いに最初はとまどいを感じたけれど、今ではこの香りを吸いこんだだけで目頭が熱くなってしまう。

「ニコきゅ……ニコきゅ……」

こちらを求めるように、小さな手がニコのほおや首にペタペタと触れる。このときの感触もとても好きだ。自分が必要なだけでなく、相手からも必要とされているのがわかって。

——愛するこの子……大事なミカリス……ぼくは、どうしてもこの子といたかったから、オメガとして生きようと思った。

ニコのようなベータがオメガを名乗るのは、どの国でも重大犯罪として厳重に処罰される。国家転覆、殺人、放火に次ぐ罪。この国でも隣の国でもそれは変わらない。

覚悟はできている。ただこの子さえ無事に育てられればそれでいい。

「大好きだよ、ミカリス、愛しているよ」

ニコはミカリスを抱きあげ、その小さな手をつかんだ。小さな小さな手。胸からあふれそうになる愛しさのまま、ふっくらしたほおにキスをした。

——ぼくのこの生き方……オメガじゃないけれど、オメガとして生きようと決めたことに迷いはないし、後悔もないけれど。決して誰にも言えない。この子の親でいるために。

実はオメガではない、本当はベータだという事実は——。

2　もうひとりのニコ

オメガ——この世には、男でも女性のように出産できるオメガという特殊な性が存在する。
ただし、その相手はアルファという性の持ち主だけだ。
世界に存在する三つの性——アルファ、ベータ、オメガ。それぞれの性の能力に応じ、それらをベースにした階級社会が存在していたのだ。

頂点にいるのはアルファと呼ばれる性で、人口の一割ほどを占めている。王家、貴族階級、政治家、資産家、それから聖職関係のトップ――法王や大司教もここに属している。

ニコのところに面接にきたレヴァンも赤ん坊のミカリスもここに属する。

次にベータという性がある。

男女比も能力も平均的で、この世で一番生きやすい性として、人口のほとんどを占めている。

ニコはここに属している。

それからごく少数のオメガ。

オメガは男性にしか生まれないのだが、男性といっても、アルファの子供を妊娠出産ができる特殊な肉体を持っている。

アルファはオメガが相手でないと子孫ができにくい。もちろんアルファの女性も妊娠出産することはあるが、ごくごく稀《まれ》だ。

それもありアルファはオメガを子孫繁栄のために必要とするようになってしまった。

オメガが伴侶と契約したアルファと性行為をすると、八割の確率で妊娠する。それもあり、アルファが競うように容姿と知性の優れたオメガを独占しようとする。

社会的地位の高いアルファにとって、オメガは子孫を誕生させてくれる大切な相手。

それもあってアルファたちはオメガの自立を嫌い、まともな職務につけないよう、社会的保障を与えないような法律を作り、自分たちに都合のいい社会を形成している。

一方で伴侶のいないオメガは『発情抑制剤の常用』、または『アルファの男性と性行為をすることで発情を発散させる』——という、どちらかの方法によって肉体の発情を抑えなければ、熱に耐えきれず死んでしまうケースもある。

そのため、第二次性徴期を迎えたオメガは、発情を抑制する薬草の定期摂取が法律で義務づけられてきた。

ただし伴侶ができると、オメガはそれ以外の人間の劣情を誘発することはない。そのため、大半のオメガは二十歳までに伴侶を見つけ、日常生活を共にして子孫を誕生させてきた。

そうすることがオメガ自身の身を守ることにもつながるからだ。

それもあり、オメガは伴侶になったアルファと「伴侶証明書」というものを提出し、夫婦と同じような関係となる。

そして子供を産み、育てるのだ。

けれどニコは違う。ベータでありながらオメガのふりをしているだけで、アルファの子供の父親にも母親にもなれない。ベータの男性はベータの女性と結婚し、ベータを産み、育てる。ベータの夫婦の間からアルファやオメガが産まれることはない。

——でも……ぼくはどうしてもこの子を助けたかったから。

「ばぶ、ばぶぅ……ニコきゅ……ちゅき……だいちゅ……き……」

ミカリスの声が耳元で響く。ニコはハッとして彼の顔を見た。

「あっ、もしかして、ミカリス、大好きって言葉、おぼえたの？」

笑顔をむけると、「きゃは、きゃは」とミカリスが笑う。きっと覚えたのだ、ニコが毎日「大好き」と言っているから。

「大好きだよ、ミカリス。大好き、大好き」

「だいちゅ……だいちゅ」

ああ、何て愛おしいのだろう。

――おそろしい罪をおかしているのはわかるけど。

それでもこの子を育てるには、それしかニコには思いつかなかったのだ。

ベータがオメガを偽証すると重罪になる。終身刑か流刑か、深い山奥の鉱山で労働する懲役刑となった者もいると聞いたことがある。

アルファから金品をだましとる結婚詐欺のほかに、オメガのふりをして権力者に近づき、暗殺をくわだてる者もいる。それゆえ重罪なのだ。

ニコがオメガのふりをしているのは別の目的だが、結婚詐欺などしたこともないし、総合的に考えると後者の罪で問われる可能性が高い。

「大好きだよ、ミカリス、ちゃんと覚えてね、大好き、大好き、大好き」

もう一度、ニコがちゅっと音を立ててミカリスのほおにキスしている様子を、浴室から出てきたレヴァンが目を細めて見ていた。

木製の扉の前に立ち、じっとこちらを見つめて。

視線に気づき、ハッと目をむけると、彼はくすっと笑った。

「よく似た親子だ」

似ている……？　そう言われるとほっとする。

「とても美しい。カトリック教会にある聖母子像のようだ」

ぼそっと低いレヴァンの声が聞こえ、視線をむけたあと、ニコはミカリスを抱いたまま驚いて目を見ひらいた。

さっきまでとはうって変わったとても美しい男性がそこにいたからだ。

さらりとした黒髪、くっきりとした黒い眸《ひとみ》、白いブラウスに黒いひざ丈のほっそりとした上着が彼のすらりとした長身によく合っていた。

視線が合い、彼がふっと目を細めて微笑する。あまりの美しさになぜかドキドキとし、ほおが熱くなってきた。

「その服……」

「ああ、丈もちょうどいい、肩幅も。サイズ的に問題はなさそうだ」

かなりの長身の服なので着られるひとがいるかどうかわからないけれど、すぐに使えるようにと洗濯して、あちこち直しておいたのだが、あつらえたようにぴったりでびっくりした。

「似合ってます」

思わず見惚れてしまった。

こんなに凛々しい雰囲気のひとを見るのは初めてだ。アルファは知性や身体能力だけでなく、容姿も恵まれているとは耳にしていたが、やはりそうらしい。

——こうしていると、貴族というのもわかる。

少しホッとした。仕事への意欲があって、安い賃金でもかまわない。その上、上品で優雅なひとだ

なんて、都合が良すぎるくらいだ。

「あの、もしかして歴史や哲学、天文学、それから礼儀作法……できますか？」

突然のニコの質問に、レヴァンは不思議そうに眉をひそめた。どうしてそんな質問をするのかといった表情ながらも彼は「ああ、多少なら」とうなずいた。

「それなら、ミカリスに教えてください。看護学やラテン語、神学は勉強してきたのですが、歴史や哲学や天文学などは、よく知らなくて。あと宮廷で必要なことも」

「赤ん坊に……か？　おれは半年しかここにいないんだぞ」

そうか、ミカリスが覚えるのは無理か。

「わかった、代わりにきみに教えてやろう」

「え……？」

「少しずつきみに。その後、成長したときに、それを教えてやればいい」

ものすごく困った顔をしたニコを見てレヴァンは楽しそうに笑った。

「勉強は苦手か？」

「え、ええ、そんなに得意では。ラテン語も全然ダメで」

「大丈夫、おれもだ。アルファとしての生活に必要な程度の知識しか。だから教えられることは少ない。その代わり、街で本をさがしてこよう。子供向けの絵本を。いつかミカリスに役に立つような」

「それはうれしいです。絵本なら、ぼくも読み聞かせられますね」

ニコは思わず笑顔になった。そんなニコを見て、レヴァンがくすっと笑う。

「なにか……変ですか？」

「いや、親というのはいいものだなと思って」

ニコをしみじみと見たあと、レヴァンは手を伸ばしてそっと髪を撫でてきた。

「ミカリスは幸せだ。実の親からこんなにも大切に愛されて」

実の親——という言葉に、胸の奥がズンと重くなるような罪悪感と同時に、ああ、他人からはそう見えるのだという安堵《あんどかん》感が心のなかでないまぜになっていく。

ぼくは親じゃない。でも他人からは実の親に見えるんだ。

胸が熱くなり、眸にうっすらと涙が溜まっていく。

「どうした？」

不思議そうにレヴァンが眉をひそめた。笑みを作り、ニコは手の甲で涙をぬぐった。

「あ、いえ、何でもないです」

ミカリスと別れる日まで、罪悪感は捨てようと思った。愛して愛して愛して、いいことだけしか与えなくて済むように。

「あ、そうだ、レヴァンさん、夕飯、いかがですか？　くるくるクレープを焼いて、冷製スープを用意しているだけなんですが」

「おれも食べていいのか？　一人分しかないだろう？」

ニコは首をかしげた。

「突然やってきたんだ、おれの分なんて用意してなかったんじゃないか？」

「それならご心配なく。くるくるクレープもスープも余分にありますから」

「よかった。なら、安心していただこう」

その言葉があまりにも意外な気がして、ニコはじっと彼を見つめた。

そんなことを気遣ってくれるなんて。彼ほどの身分の人間はいないけれど、これまでアルファの客がきたこともあるし、故国にいたころ、病院でも世話をしたことがある。

そのなかにこんなふうに他人を気遣うひとはいなかった。

アルファは優先されるもの——それを当たり前のように考えている人間ばかりだったのでそういうものだと思いこんでいたけれど。このひとは違う。こんなアルファがいたなんて。

「ん？　どうした？」

「あ、いえ、アルファの人って、もっと当然のように優遇を受け入れると思っていたので」

「ああ、そうだな。そういうやつも少なくはない」

「あなたは違うんですね」

「自分がどうなのかよくわからないが、少なくとも雇ってもらっている以上、おれが優遇されるのは変だと思うが」

「あ、まあ、そうですね」

「むしろ気遣ってもらえてありがたい。食事まで用意してくれるなんて」

「当然ですよ。一緒の家に住む以上、みんなでお腹いっぱいになりたいじゃないですか」

ニコが微笑すると、つられたようにレヴァンも微笑する。

「よかった、ここで雇ってもらえて」

「え……」

「天使の親子のカフェだなんて最高だ」

天使の親子――そんなふうに喩《たと》えられるのは照れくさいけれど、「実の親子」と彼が思ってくれているることに、ニコは胸からあふれそうなほどの喜びを感じた。

たったそれだけのことなのにとても心があたたかくなって、自分はミカリスの親でいていいのだという安心感がこみあげてくる。

「はい、どうぞ。とってもおいしいって評判なんですよ」

焼いたばかりのふわふわとしたクレープに、ハムとチーズ、トマトとレタスを包み、自家製ヨーグルトソースをかけたものを皿に盛りつけると、ニコは木製の器に、キュウリとディルを刻んだヨーグルト味の冷製スープをそそいだ。

「すごい、こんな料理、久しぶりだ。一瞬で作ってしまうなんて天才だな」

「最近はどんなものを食べていたのですか？」

「牢獄ではカビたパンが中心だった。あとは腐りかけた果物がたまに」

そうだ、実際、修道院の病院で負傷兵の看護をしていたとき、そんな話を耳にした。戦争での怪我ではなく、飢餓や拷問で命を喪《うしな》うものが多かったと。

「ここは天国だな、こんなにおいしい料理が食べられるなんて」

レヴァンがパクパクとニコの作ったクレープを口にしていく。こんなに幸せそうに食べるひとを見るのは初めてだ。それに行為の貴族とは思えないような親しみやすさだ。

「どうぞ、これも。たくさん食べて、健康を回復してください」

ニコは貯蔵庫から、切った面を焼いて甘くしておいたカボチャのブロックに、ハチミツとクルミをかけて差しだした。

明日、客に出そうと思ってたくさん用意しておいたものだ。

これは表面がパリパリ、中身がほくほくし、クラッシュしたクルミとハチミツの甘みが加わってとてもおいしいのだ。それだけでなく、疲れが取れて元気が出るお菓子として、修道院の病院にいたとき、患者に出すと神料理などと言われて喜ばれた。

このあたりの食事とローズティーがすごくよく合う。口のなかに甘みと酸味が絶妙に溶けあうので、誰に出しても好評な自信作である。

「ありがとう、地獄で天使にあうとはこのことだな。こんな素敵なものまで。おれは最高に幸せだ。ここにきてよかった」

こんなに喜んでくれるひとを雇うことができて幸せだ。いいひとが見つかってよかった。平和のため、命を捧げたいという言葉にも感動したけれど、ちょっとしたことも気づかってくれる優しさにも春の陽射《ひざ》しを浴びているような心地よさを感じた。

ミカリスと三人で楽しく暮らしていけますように。これからうまくやっていけますように。


——この子を助けなければ。平和な場所で、この子を守る。

そんな思いで赤ん坊を抱き、命からがらニコがこの国に来たのは半年前のことだった。

ニコが生まれ育ったのは隣のモルダヴィア王国だ。レヴァンと同じ国である。

尤もニコの両親は小さな港町の食堂で働く平凡なベータ夫妻だったので、貴族で、ましてや公爵の地位につくレヴァンとはまったく接点のない生活だった。

近くには黒海があり、いつも採れたての新鮮な魚が届いていた。

それから国境近くの森も近く、果実や野生動物の肉、そして近郊の農場からのミルクや野菜もあったので、その店は安くておいしい料理を大勢のお客さんに提供していたらしい。

父はベータでも裕福な学者の息子で、母との結婚を反対されていた。

というのも母が北の国ルーシから娼婦として連れてこられた女性の娘で、故郷のモルダヴィアではめずらしい金髪に蒼《あお》い眸をしていたからだ。

めずらしいといってもけっこうな数はいた。

ただ、ルーシから戦争のとき、奴隷として連れてこられた娼婦やオメガの男娼の子孫が多かったのもあり、裕福な家の妻にするのを父の両親が大反対したのだ。

その結果、二人は駆け落ちし、下町の食堂に住みこみで働くようになった。

もともと裕福な家庭の息子だった父にとって、いきなり駆け落ちして働くというのは無理があったのだろう。

ニコが六歳のとき、心臓が苦しいと言って倒れ、そのまま亡くなってしまった。

原因はわからない。下町の病院のずさんさもあっただろう。まだ子供だったけれど、そのときの憔《しょう》悴《すい》した母の様子ははっきりと覚えている。

『いや、死なないで。私を置いていかないで、お願いっ！』

泣き叫ぶ母の声。食堂のオーナー夫婦が一生懸命に母を慰めている。ニコは泣きじゃくる母親を呆《ぼう》然《ぜん》と見ていた。

その後、首都からやってきた父方の祖父母が母を罵倒《ばとう》したのもはっきりと記憶している。

祖父は王家に出入りしている学者だった。王太子に歴史を教えていたとか。

『あなたのせいで息子が死んだのよ。息子を返して』

違うよ、違う。パパは病気で死んだんだよ。誰のせいでもないんだよ。ママ、泣かないで。ママのせいじゃないよ。

そんなことを必死に心のなかで叫んでいた気がする。

まだ子供なのでそこまではっきりとした言葉があったわけではないと思うけれど、なにかしら、それらしきことを心のなかで訴えていたのだ。

その後、祖父母が父の柩《ひつぎ》を持ってかえり、母はしばらく魂が抜けたようになっていた。

あなたのせい……と、言われたために罪悪感を抱いたようだ。

祖父母の哀しみの意味が当時はわからなかった。

遠く離れた場所で、突然、知らされた息子の死——。

祖父母は誰かのせいにでもしなければ、その現実に耐えられなかったのだろう。

今なら、そのことも何となく想像がつくけれど。

だからといって、口にしていいこととは思わない。むしろ残酷すぎる。その一言一言がどれほど母を傷つけたか、当時のニコには理解しようがなかった。

愛する相手を喪い、さらにその原因が自分のせい、あなたが殺したと言われたことが母の心も殺してしまったのだ。

翌日、母は、父の形見の指輪と自分のネックレスをニコに持たせて国境沿いの修道院にあずけたあと、父のあとを追うように谷底に身を投げて亡くなってしまった。

その後、父方の祖父母がニコをひきとるのを拒否したというのを聞かされた。

金褐色の髪、琥珀色の眸、母にそっくりの風貌をしているからだったらしい。

彼らはニコの父親が残してくれた形見の指輪を奪い、代わりに手切金として金貨の入った袋を置いていったとか。

そのまま修道士見習いをしていたが、修道院の賄いで働きながら、院内の薬草園でハーブを作り、病院で手伝いをしているうちに、こうして人に喜んでもらえる仕事をきちんとおぼえていきたいと思うようになり、本格的にハーブティーやお菓子作り、薬草楽を学んだ。

父と母が食堂で楽しそうに働いていた姿が記憶にあったからだ。

そして薬草学を真面目《まじめ》に勉強しようと思ったのは、父のようにずさんな病院のせいで命を落とすようなひとが少しでもなくなればという気持ちからだった。

誰かを愛するのは怖い。でも誰かの役には立ちたい。

そんな気持ちで毎日を過ごしていた。

あのころはまだ平和で静かに暮らすことができた。

しかし内戦が始まり、ニコの生活は一変した。

ガロンスキーという騎士団長がクーデターを起こし、国王夫妻が暗殺され、後継者の王太子も殺されてしまったのだ。

そうして、次の王を誰にするかで国が真っ二つにわかれた。

クーデターを起こした騎士団長のガロンスキーか。

それまで大司教をしていた国王の弟のジーマか。

ガロンスキーは自分の正統性を主張した。

『私の母親は、王家の血をひいている。この国を建国した大帝が私の曾祖父《そうそふ》だ』——と。

一方、ジーマは国王夫妻と王太子が殺害されたあと、大司教の地位を捨てて還俗《げんぞく》し、自分こそ正統な次の国王だと名乗りをあげたらしい。

『私は国王の同母弟だ。一番、血の濃い後継者だ』——と。

政治から遠い場所にいるニコにはよくわからなかった。

ニコのいた修道院のある港町は王の城のある首都からは遠く離れていたが、ドナウ川から黒海、そして他国に行く貿易の要衝地というのもあり、ジーマ率いる王弟軍と、ガロンスキー率いるクーデター軍とのこぜりあいが何度も行われるようになった。

やがて最大の激戦地となり、ニコの修道院の建物はそのまま傷病人用の野戦病院として使用され、ニコや修道士たちは従軍看護師として働くことになった。

兵士だけでなく、戦争孤児たちや一般の病人や怪我人も集まるようになり、もともと港町ということで栄えていた大きな歓楽街もさらに発展していった。

そのなかに、オメガ専用の男娼館もあった。

基本的にアルファと「伴侶の証明書」を出すようなオメガは、幼いときからきちんと教育を受け、エリートのみが選ばれる。

そうではない劣性と判断されたオメガは、身分の低いアルファの伴侶になったり、子供を産んだあと、男娼になったり。

特に戦争が悪化すると、そうしたオメガが増え、男娼館に集まるようになっていった。

男娼館は兵士たちに大人気だった。

戦争にむかうアルファたちにとっては面倒な「伴侶証明書」を出さなければいけないオメガよりも、てっとり早く性行為ができる娼館のオメガのほうが一時的な相手としては気楽だというのがあったからだ。

彼らは不特定多数のアルファの性処理ができるよう、フェロモンを誘発する薬物を摂取していた。

娼館には、日々、軍の将校たちが現れ、華やかな時間を過ごしていく。

一方、ニコが働いているその隣の病院には毎日のように負傷者や病人が運びこまれ、心が痛む日々が続いた。

特に、ここ一、二年は、長い雨が続き、余計に国土が乱れたように思う。

激しく長い雨がたたきつけられ、森の果実も農場の作物も採れなくなり、家畜も悪い病気が流行って次々と亡くなり、飢餓に襲われた。

痩《や》せ細り、肋骨《ろっこつ》の浮きでた負傷兵たちが次々と運ばれてくる。

その一方で、戦地に赴く兵士にとっては娼館が唯一の憩いの場だったらしく、男娼館のオメガたちは一日何人ものアルファを相手にしていた。

逃亡してもまた戻され、妊娠したときもギリギリまで働かされ、修道院で出産して、また娼館に戻るという日々。

そのなかに、ニコと同じ名前の男娼もいた。外見も似ていたので、兄弟なのかと訊かれることが多く、それもあってよく話をするようになった。

正しくはニコルイ。

彼の愛称も「ニコ」だった。

娼館一の売れっ子で、性悪で、いろんなアルファをだましては金品を盗んでいるという悪いうわさが流れていた。

『ニコルイは男娼館の女王だ。子供も三人いた。邪悪で、強欲で、どうしようもない淫乱だが、あいつと一度寝ると誰もが虜になってしまうらしい』

『魔性のオメガだ。多くの人間が人生を狂わされている』

『多くの有力者の弱みを握り、ゆすっているとか』

そんなふうに言われていた。

次男はオメガ、長男と三男はアルファだった。

『長男のテオドロスと三男のミカリスは、アルファだから三歳になったときに国にあるエリートアルファ専用の施設に連れていく。オメガの次男は男娼にするから、生まれてすぐに娼館の館長にあずけたよ。アルファの子供は国に渡せば大金がもらえる』

アルファの子を出産するビジネス。もちろん違法だ。昔は合法だったが、人権団体や教会が命を売買することを問題視し、十年以上前から違法となった。

それでも裏ルートを使って売買をする者も少なくはなかった。

オメガの男娼たちにも闇の斡旋《あっせん》業者と通じている者がいて、ニコルイもその一人だったようだ。

彼は仕事の間、生まれて半年という三男のミカリスを修道院にあずけていた。修道院では、そうしたオメガたちの子供の保育所でもあった。

『子供を売ってお金をもらうなんて』

長男が三歳になったとき、大金と交換したことがあるとうれしそうに言う彼に、ニコはたまらなくなってつい苦言を呈しそうになったことがあった。

するとニコルイは腹立たしそうに言った。

『ベータのきみになにがわかるんだ。オメガに生まれた人間の気持ちなんてわからないよ、きみみたいに平凡に生きられる人間には』

オメガに生まれた人間の気持ち――――。

たしかにわからない。ニコはベータだから。平凡に生きられると言われると、それ以上、なにも言えなかった。

なにも持っていない代わりに、なにも背負わなくていい。

『でももったいないよね、ニコ、きっとオメガだったら、ぼくと同じように売れっ子になれたよ。髪の色も目鼻だちも肌の色も同じ。強いていえば、目の色が違うくらいか。でもあとは同じ。ルーシの血をひいている者同士、本当に兄弟のようだよね、ぼくたち』

それなのに、オメガとベータというだけでこんなにも人生が違う――という彼の言葉は、ニコをうらやんでいるのか、優越性を誇示しようとしているのかわからないけれど。

『まあ、オメガとして背負うリスクが高い代わりに、きみと違って、得られるものも違うけどね。力のあるアルファの伴侶になれば、国を動かすことだって可能なんだ。今の王太子妃もそう。ルーシの血を引くオメガ……ぼくと一緒にこの国に売られてきた奴隷だった』

それは聞いたことがある。

ルーシ出身のオメガはとても稀少《きしょう》な宝石のように権力者たちから好まれる。美男美女が多いとして人気だ。オメガだけでない、母もそうだ。ルーシからきた女性の娘だった。

『だけど、ぼくは四分の一だけだから。眸の色だってきみのように綺麗なエメラルドグリーンじゃないし』

『そうだったね、琥珀色をしている。ミカリスも半分この国の人間だけど、目の色はぼくと同じエメラルドグリーンだよ。この国の血をひいているのにグリーンになるのはとても貴重なんだ。きみは残念だったね』

残念ではない、この目の色は父と同じだから——とは言わなかった。

『ミカリスはね、さる高貴な男性の子供なんだ。この国の中心人物。検査できちんと彼の子だと証明できたら大金が入るんだ』

『検査で？　どんな？』

『植物でね、調べる方法があるんだ。これだよ』

ニコルイは服の内側から小さな袋をとりだした。

『これで？』

『そう、これでわかるんだ。子供が一歳になったとき、その年の一番最初に花ひらいたダマスクローズから作るんだ。朝摘みの花びらと茎を乾燥させたものだよ。これをドナウの源泉で煎じて、血液を浸すとね、親族ごとに色が変わるんだ』

『すごい、そんな検査ができるの？』

『そう、この国の中枢の人間、王侯貴族だけが知っているすごく特別な秘密だよ。ニコは看護師の仕事もしているんだから覚えておくといいよ。将来、なにかの役に立つと思うよ』

『そんな秘密……ぼくが知ったらダメじゃない？』

『ニコは真面目だね。でも知っていて欲しいんだ。いざというときのために』

『いざって？』

『誰かがぼくの口を封じようとする可能性がなくもないから』

ニコは背筋がゾッとするのを感じた。そんな危険な秘密を知ってしまったなんて。

『これを使えば親子の証明が可能なんだ。だから一歳の誕生日にミカリスが彼の子供だと証明されて、大金と交換したら、もうこの仕事はやめるよ。ちゃんと父親に買ってもらうんだから、人身売買の犯罪にはならないよ』

『父親に……だけど』

『やり逃げされるよりマシだよ。昔、そういうやつがいたんだ。次男のオメガの父親なんだけど、実はものすごい高位の聖職者でさ。オメガと関係があって、子供がいたことがわかると教会で大問題にされてしまうって逃げてしまったんだ。あのとき、ゆすってやればよかった』

『ちょ、ダメだよ、ゆするなんて』

聖職者は基本的にベータの仕事だ。だが、法王、枢機卿《すうききよう》、大司教クラスの高位の聖職者はアルファしかなれない。

　だとしたらニコルイの相手はものすごい身分の人間ということになる。恐喝自体、許されないことだが、そんな相手をゆすったりしたら、逆にニコルイの身に危険がおよぶだろう。

『わかってるよ、言ってみただけ。男娼館に聖職者がくるのは公然の秘密だけど、子供を作るのはタブーだからね』

『それなのにどうして』

『ぼくを他のアルファのものにしたくないから伴侶にするって、いきなり首を噛んできたんだ。びっくりしたよ。おかげですぐに妊娠しちゃったよ。まあ、妊娠がわかったとたん、すぐにもう一回噛まれて、伴侶の契約を解消されたけどね』

『何ていいかげんな』

『ひどいよねー。堕胎してくれって金を積まれたけど、隠れてこっそり産んじゃったよ。オメガだったから、男娼館の館長がひきとってくれたけど』

　けろっと笑いながら言うニコルイの話を、聞いているうちにだんだん腹が立ってきた。

　自分とは価値観の違うニコルイに対しても苛立《いらだ》ちを感じたけれど、それ以上に、自分勝手に伴侶としたかと思えば、妊娠したとたん、解消し、さらに金で堕胎させようとするなんて。

『そんなやつが聖職者だなんて……最低だ。身分の高いひとだよね？』

『もう二年以上前の話だ。その後、俗世にもどってしまったみたいだから、今さら、脅すことはできないけどね』

『だからダメだって、脅したりしたら』

『うん、わかってる。もういいんだ、すべて捨てて故郷のルーシに戻る。手土産にすごいものを手に入れたんだ。ぼくはきっと王族にしてもらえるよ。そうなったら、ぼくは人生の勝者だ。すべてに勝ってやるんだ』

ニコルイは目を輝かせ、高笑いしていた。

『そのときは、ニコ、きみも連れていってあげるよ。きみの母親もルーシの血をひいているんだろう？　一緒に故郷に帰ろう。凱旋《がいせん》だよ』

彼がなにを言っているのか、ニコにはさっぱりわからなかった。

『いいよ、凱旋なんて。ぼくを共犯にはしないで。ぼくは勝つとか負けるとかの意味はわからないし、この国で地道に生きていくよ』

そう言いながらも、ルーシには行ってみたいという気持ちがないわけではなかった。

母方の故郷……。父の両親からは、ニコがルーシの血をひくということで嫌悪され、孫として認めてもらえなかった。

ルーシに行けばなにが変わるともわからないけれど、ニコは修道院の図書室にあった写本を何冊か持ち出し、空いている時間にルーシ語と文化を独学するようにした。

『なんだ、きみもその気になったんだ』

ニコの様子を見て、ニコルイがクスクスと笑っていた。

『そうじゃないけど、祖母の故郷のことを知りたいと思って』

『じゃあ教えてあげる。きみの読んでいる本、ただの古典で、今はあまり使われていない言葉だよ、こっちを勉強したらいい。マスターしたら、連れて行ってあげるから』

『いいよ、別に連れて行ってくれなくても。でも本はうれしい。ありがとう』

『わからないことがあったら何でも訊いてね。その代わり、子供をたのんだよ。ニコはぼくと似ているから、子供が安心するんだよね』

ニコルイはうわさどおりの悪いやつだとは思えなかった。

言動に反発をおぼえることは多々あったし、彼がやっている子供の売買は犯罪行為なので、何とかやめさせ、子供にとっていい方法がないか一緒に考えたいと思っていた。

けれど本を貸してくれたり、語学を教えてくれたり……と、気のいいところもあった。

ミカリスのことも金ヅルと思っているからなのかどうなのかわからないが、彼なりにかわいがっているようにも思えた。

ニコにとっては祖父母よりも好きに思える相手だった。

地元では名士だった祖父。王太子に歴史を教える学者だったのに、母のことを認めず、自殺に追いやり、ニコを孫と認めようともしなかった。

尤も、母を哀しませた祖父母に孫としてひきとられたとしても、純粋に愛することなどできなかっただろう。

それよりはニコルイのほうがまだ親切だ。やっていることは許せないけれど、少なくともニコにとっては彼のほうがいいひとだった。

——ひとというのはわからない。片側からだけ見たらイヤな人間でも、もう片側から見たらよく思えたり……。

百パーセント正しい人間なんていない。ニコルイには子供の売買をやめるよう説得してみよう。きっと心底イヤな人間ではないと思うから。

そんなある日、戦争が長引くにつれ、疫病が流行《はや》り始めた。

死を招いてしまうような恐ろしい疫病だった。

アルファとベータの致死率は低かったが、オメガの致死率はほぼ百パーセントと高いこともあり、娼館は騒然とした。

内戦で荒廃していた国土に、疫病の大流行は死神からの決定打のようにとてつもなく大きな衝撃を与えた。

修道院に次々と罹患《りかん》したオメガの重症患者が運ばれてくる。看護中にニコも感染してしまったが、それでもベータなので軽く熱が出る程度で済んだ。

アルファとベータは罹患しても軽く済み、免疫力がついて二度と感染することはない。

しかしオメガのニコルイはそうはいかなかった。オメガはほぼ全員が亡くなってしまう。触れただけでやけどしそうなほどの高熱に、全身の発疹《はっしん》。オメガはほぼ助からない。水が飲めなくなり、光を恐れ、ガタガタと震えて最後は錯乱してしまう。助かったとしても後遺症が激しく、あまりの容貌の変化に自殺してしまう者もいた。

『ニコ……ぼくは……もう』

伝染病用の病棟で、ニコルイを看取《みと》ったのはニコだ。

『ニコルイ、しっかりして。ルーシに帰るんだろう？　故郷に』

ニコは必死に彼を看病した。彼だけではなくほかのオメガたちもだが、ニコルイは特に苦しそうだった。美しかった容貌も衰え、痩せ細り、以前のような姿は見る影もなくなっていくのが哀しかった。

『ミカリスをたのむ……修道院の地下……きみの好きな図書室の……本棚の下に……これまでの子供たちの出生のことが……それを持って……あのひと……に……どうか』

『あのひと？』

『……そう……あの……に』

ニコルイの言葉はそこで途切れ、彼は目を見ひらいたまま息をひきとってしまった。

あのひととは誰なのか──聞き取れなかった。

ミカリスは誰の子供なのか。証明できる証拠を用意していると言っていたけれど、それを伝えたかったのだろうか。

──それにミカリスだけじゃなく、これまでの子供たちの出生とも言っていた……長男と次男のなにかもあるのだろうか。

だが三男のミカリスもアルファだったものの、もともと身体が弱かったのもあり、感染したあと回復することもなく、ニコルイと同時期に亡くなってしまった。

あっけないものだった。

──助けられなかった……ニコルイもミカリスも。

哀しみもなにも湧《わ》いてこなかった。それを通り越していた。心が冷たく麻痺《まひ》したようになり、なにも感じなくなっていたのだ。

ニコは、淡々とふたりの埋葬の手続きの書類を作成した。

疫病で亡くなったものはきちんと埋葬されない。麻袋に入れて遺体安置所に置き、朝、まとめて運搬人に渡すのだ。

大半がオメガ、少しだけベータもいた。

そして亡くなった人間は森の奥に掘られた大きな穴倉に投げ捨てられ、上から火を放ってまとめて燃やされる運命だ。

『もう嫌だ、耐えられない、神よ、私はもう無理です』

死体を運搬している修道士のなかには、あまりの悲惨さに心を壊してしまう者もいた。仕事を放棄し、地べたに転がって笑い続けている修道士もいれば、半裸になって自らを鞭打《むちう》ちする苦行者たちの集団まで現れた。

――地獄だ。いや、本物の地獄のほうがマシかもしれない。

あまりにも多くの死者たちを前に感情が麻痺していく。じわじわと心を壊死《えし》させていかないと耐えられなかった。

運搬車からこぼれ落ちた死体や焼け残った死体の肉を求め、どこからともなく野生動物たちが集まってきている。蛆《うじ》が湧き、白骨になりかけている遺体にすら群がっていた。頭上からもカラスや大型の猛禽類《もうきんるい》たちが、彼らの食べ残しを狙って集まってくる。

ふだんの自分なら、恐ろしくて耐えられないけれど、心を殺していたのでなにも感じなかった。

ある明け方、死体を運ぶ準備をしていたとき、修道院の裏にある死体安置場で騎士二人が赤ん坊を窒息させている姿に気づいた。

ぐったりとしている赤ん坊。ニコは息を殺し、物陰から様子をたしかめた。

『もう死んだか。息をしていない』

『念のため、刺しておこう。ガロンスキーさまの話だと特別な力のあるアルファのガキらしい。しっかり殺しておかないと厄介だ』

『いや、血が出てしまうと不審に思われる。窒息したままのほうがいい。疫病で亡くなった者たちにまぎれこませて火葬させてしまったほうが都合がいい。死因の確認も嫌がられるからな』

『ではもう一度首を絞めて。ジーマさまの仕業にしろと言われていた。そうすれば、万が一、この赤ん坊の正体がバレたとしてもジーマさまが地位のために暗殺したと思われる』

『では、このジーマさまの指輪をここに』

ジーマさま?

ガロンスキーさま?

誰のことだろう。どちらも身分の高いひとに多い名前だけど、ガロンスキーはクーデターを起こした騎士団長のことだろうか。

そしてジーマは、騎士団長と敵対している王弟のことなのか?

つまりガロンスキーが、ジーマのしわざに見せかけて、赤ん坊を殺す命令を出したということか。

赤ん坊に特別な力があると言っていたけれど、特別な身分をさしているのか?

男たちがもう一度赤ん坊の首を絞めようとしたそのとき、ニコはとっさに近くにあった台車を押して鈴の音を立てた。

チリチリ、チリチリ……。

甲高い鈴の音に彼らがハッとして動きを止める。死体を集めにくる運搬車からはいつも鈴の音が響いているのだ。疫病の死体が通るという合図に。

『まずい、運搬車がくる』

案の定、彼らは勘違いしてくれた。

『もう大丈夫だ、死んでる。このまま行こう』

『あとで確認しよう。遺体置き場に身元不明の赤ん坊が埋葬されたかどうか』

彼らは疫病死者用の麻袋に赤ん坊を入れてその場を去っていった。

そのあと、ニコは彼らが殺したはずの赤ん坊の指がかすかに動いたような気がして、その場で心臓マッサージをし、息を注いだ。

あちこち汚れてはいるものの、これまで見たことがないほどの上等の服を着ている。栄養状態もいい。大事に育てられてきたのだ。

いずれにしろどんな事情があったとしても、殺していい命なんてない。

『お願い、生きかえって』

息を送るとすぐに吹き返し、心臓が動き始めた。その子がすっとニコに手を伸ばしてくる。窓から朝の光がさしこんでくる。

『だあ……だあ』

愛らしい声が響き、きらきらとした笑みに涙が出てきた。

何だろう、救われたような気がして涙が止まらなかったのだ。

遺体安置所の半地下になった薄暗い空間。天窓から差してくる朝のやわらかな一筋の光。それが赤ん坊の笑みを照らしている。

ぷつっと身体の奥のほうでなにかが一本切れたように胸の底から次々といろんな感情が湧きあがってくるのを感じた。

それまでずっと薄い皮のむこうで揺れていたものが眠りから覚めたように。哀しみ、苦しみ、怒り、苛立ち、愛しさ、喜び……そういったものが次から次へと。

ニコの涙が、ぽとり……と赤ん坊のほおに落ちる。その感触に、赤ん坊がふわっと口元に笑みを浮かべる。

瞬間、ずっと堰《せ》き止めていたものが決壊したようにニコの双眸から涙があふれた。

『あ……っ……』

涙が止まらない。

戦争で亡くなっていく者、なすすべもなく疫病で亡くなっていく患者を見送ることしかできない毎日に心が麻痺し、いつしか何も感じないようになっていた。

そんなニコに、この赤ん坊の笑みは本物の天使のほほえみのように見えた。

やわらかくてとてもあたたかい。

抱きあげると壊れてしまうかもしれないような小ささ。

ふと、粉砂糖をまぶしたお菓子がほろほろと口のなかで溶けていく感覚を思いだした。すぐに崩れそうなほどのやわらかさと甘さで満たされるときの幸せ。

細胞が生きかえり、全身にあたたかな血がめぐっていくようだ。

『生きたいんだね、きみは生きたいんだ』

ぼくもだよ、ぼくだって生きたい。こんなふうにぬくもりを感じながら、愛する誰かとよりそって生きていきたい。

助けなければ。この子を助けて、この子と生きていきたい。この小さな命を守りたい。

そんな強い想いが胸に広がっていくと同時に、これまで感じたことのない恐怖に襲われた。

――あとで確認すると言っていた。今日の死亡者リストが作成されるまであと一時間もない。

このままだと、もどってきたあの男たちに今度こそ殺されてしまう。

その前に何とかしなければ――――。

さっきの話によると身分の高い家の息子だ。

アルファだと言っていた。おそらく血統的に邪魔だから殺されそうになった……ということくらいは、世間知らずのニコでもわかる。

亡くなった人間には身分証と名前が必要なのだが、この子にはなかった。正しくは黒こげになったカードが一枚。名前を読むこともできない。

そうした場合は身元不明の赤ん坊として申告する。

――さっき、言っていた。身元不明の赤ん坊の遺体が埋葬されたかどうかを、あとでたしかめにもどってこようと。

身元不明の赤ん坊……。

ニコは息を殺し、発作的に周囲をみまわした。

視線の先に、昨夜、亡くなった男娼のニコルイの姿があった。その傍《そば》には、麻袋に包まれた彼の息子のミカリス。彼らもこれから運搬車で運ばれる予定だ。

「そうだ……この方法がある。これしかない」

ニコはハッとした。とてつもなく恐ろしい思いつきだったが、これだけは貫かなければという強い意志を持った自分が胸の奥で目覚めていた。

この空間に他に誰もいないことを確認すると、頭にかぶっていた帽子を取り、すばやく修道服を脱ぎ、そのまま昨夜亡くなったニコルイの遺体に被《かぶ》せた。

疫病で亡くなった死体は、細かなところまで確認はされない。

——そうだ、今ならできる。

オメガのニコルイの書類に、とっさにベータのニコと自分の名前を記した。

そしてニコは自分の身分証をニコルイの遺体の首から下げ、死亡診断書にベータ、仕事＝修道士。看護中に感染し、死亡と付け加えた。

修道士のニコが疫病で死んだことにすればいい。ベータの致死率は高くないけれど、決して罹《かか》らないわけではない。

そして自分は、たった今からオメガのニコルイ・パノフになる。

彼の身分証をとり、オメガを証明するチョーカーを首に巻き、ミカリス用の麻袋の身分証のタグをとった。

——ごめんね、ミカリス……。きみのものを使わせてもらうね。ごめんね、ごめんね。こんなことよくないのはわかっているけれど。

目に溜まった涙がほおをぐっしょりと濡らし、冷たくなった遺体の首筋へと滝のように落ちていく。

このミカリスの出生証明書を、この殺されそうになっている赤ん坊のものにすればいい。

両方ともアルファだ。外見も似ている。

亡くなっていたミカリスに、今、さっきニコが助けた赤ん坊の衣服を着せ、死亡証明書に「身元不明の赤ん坊・性別アルファ」というタグをつけた。

さっき彼らが話していた「ジーマさま」という人物のものらしき指輪を一緒に置いておくといいだろう。

そう思って添えかけて、ハッとした。

——でもこれは……この赤ん坊と関係のある人間のものだ。

とっておこう。この子の本当の身分がわかる可能性のあるものであると同時に、現時点ではこの子の危険を招いてしまうもの。

とっさにニコはそれを自分の上着のポケットにしまった。

念のため、それぞれの赤ん坊の足の裏に、アルファ特有のマークが記されているかどうかも確認した。このマークは三歳になるまで消えない特殊なものだ。

ほんの五分ほどの時間に、自分にどうしてそんなことができたのか。

ただただこの赤ん坊を助けたいという気持ちからだった。

光がさしたから。美しい太陽の光が。それはニコにとって救いの光に思えたのだ。

「だあ……だあ」

こっちに必死に手を伸ばしている姿。生きようとアプローチしてくるこの子供の姿に、それまで死んだようになっていた全身の細胞に少しずつ血がもどっていくような気がした。

「これから一緒に生きていこう。ぼくがきみを育てるよ。大切に守っていくから」

ニコは教会のミサで使う敷布で赤ん坊をくるんで抱きしめ、人目を避けながら裏口から建物の外に飛びだした。

——今日からぼくはオメガのニコルイ。そしてきみは、その子供のミカリス。ふたりで生きていこう。どこか安全な場所に行って。

だからお願い、泣かないで。見つからないようにこの場から逃げ出さなければならないから。どうか声を上げないで。どうかぐずらないで。

祈るような気持ちで、今は誰もいない修道院の一番奥にある建物の地下に行き、図書室に赤ん坊用の寝台を用意してそこに横たわらせた。

最初は慣れない環境にぐすぐすと声をあげていたが、修道院にあったミルクを薄めてあたためて呑ませると、赤ん坊は親指をしゃぶり始め、ゆっくりとまどろむように眠り始めた。

ニコはその間に、逃亡の準備を始めた。

――早く……早くここから逃げる準備をしないと。

ニコの顔を知っている修道士や患者にうっかり出会ってしまったら、ニコルイと入れ替わったことがバレてしまう。

ベータがオメガの身分証を使用した場合、終身刑になる可能性が高い。よくて流刑か懲役刑だ。そうなったら元も子もない。

この赤ん坊も「ミカリス」でないことがバレてしまい、暗殺者たちに狙われてしまうだろう。

想像しただけで血の気がひく。全身に鳥肌がたったかと思うと、冷たい汗が吹きだしたようになり、指先がわなないてなにもつかめない。

――だめだ、だめだ、だめだ、しっかりしろ、ニコ。しっかりするんだ、この子を助けることだけを考えろ。ほかは考えるな、恐るな。がんばれ、がんばるんだ。

この子には自分しかいないのだと、強く自分に言い聞かせ、大きく深呼吸をする。

こんな状態だったので、修道院の地下にある本棚の下の箱をたしかめる余裕はなかった。かなり奥のほうに入っていたので、時間がかかりそうだったからだ。ただその箱の横に、彼らがジーマさまのものと言った指輪を入れた箱も埋めておいた。

この赤ん坊の身元につながる唯一のものだが、持ち歩くと大変なことになると思ったからだ。

――いつかいつか平和になったら、ニコルイの遺品と一緒に。

持っていけるものは自分たちが使えそうな衣類、赤ん坊のおむつにできる布、清潔なタオルや石鹸《せっけん》、ミルク瓶といったところか。食べ物も少し。あとは金に換えられそうな薬草も。

それくらいしか持てないけれど、大きな袋に入れて背中に背負った。この赤ん坊は肩から下げた布に抱こう。

その後、騎士たちが身元不明の赤ん坊の遺体があったかどうか、衣類の特徴、指輪があるかどうかをたしかめたものの、疫病の谷に運ばれたので近づいて現物まで見ることはできず、そのまま去っていったところまでは確認した。

彼らが置いていった指輪と似たものを遺体にはめておいた。

そのとき、同時にベータで看護師のニコも死んだことになった。

その証拠として、身分証だけでなく、母の形見のネックレスをニコルイにかけておいた。ニコがニコであることを証明してくれる唯一のものだ。

――お母さん、ごめん、でもこの子のため、置いていくね。

このままここにいることはできない。ニコは死んだ男娼のニコルイの身分証を手に隣国のワラキアにやってきた。

——男娼のニコルイが言っていたように、彼になりすましてルーシに行くべきか悩んだけど……ぼくは彼が言っていたような手土産もないし、ミカリスを安全に育てたいだけだから。

父親の名前も聞きとれなかった。

あえてそれを知るよりも、誰か名前も知らないアルファとの間にできた子供ということにしたほうがこの子にとって安全な気がした。

男娼のニコルイは疫病療養中に脱走したことになるが、戦争で混乱しているモルダヴィアでのことなので隣国まで行けば追われることはないだろう。

そうしてこの国に這々《ほうほう》の体《てい》でやってきて、戦争から逃れてきたオメガの親子という難民申請をし、この国で住めるようにしたのだ。

あれから半年が過ぎた。われながら、よくここまで無事に、そしてがんばってこられたものだと思う。ただただミカリスを助けたいという一心だった。

——ぼくはずっと家族が欲しかったのかもしれない。

ミカリスと暮らしていると、そんなふうに思う。貧しくても辛くても、一緒に暮らしてける存在——ある日、突然、失ってからずっと餓《う》えていたのだ、家族に。

だからここでの生活を守らなければ。ミカリスを誰よりも幸せに育てなければ。

3　天使のように

その翌朝、ニコよりも早く起きたレヴァンが外の井戸のところで自身の傷の手当てをしていた。拷問の痕《あと》だろうか。

「怪我……大丈夫ですか?」

「だいぶ治った」

上半身を脱ぎ、腕や肩の怪我に薬草を擦りこんでいる。

「あの、手伝います。そんな薬草の扱い方では治るものも治りません」

「何だと?」

「貸してください。ぼく、得意なんです」

ニコは薬草をつぶして塗り、彼の腕や肩に包帯を巻いた。

「看護学とラテン語の知識があると言っていたが、修道院附属の病院にでもいたのか?」

「え……」

びっくりして、手の力をゆるめてしまった。巻いたばかりの包帯がほどけそうになり、あわてて巻き直す。

「慣れた手つきだ。薬草にもくわしい」

「……」

ニコは押し黙った。

「ニコ？」

問いかけられ、ハッとしてニコは笑みを作った。

「あ、いえ、見よう見まねです。戦争のとき、修道院附属病院に入院していたことがあるので。ラテン語もそこで……」

唇が震え、声がうわずっている。

いけない、気をつけなければ。修道士も看護師もベータの仕事で、オメガが就くことはない。それに修道院で看護師をしていたニコは死んだことになっている。忘れてはいけない、今の自分はオメガで、男娼だったニコルイ・パノフだ。

この前、うっかりラテン語や神学も知っていると言ってしまったが、バレないよう、もっと慎重にならなければと心のなかで自分を戒めた。

「入院て？」

「あ、疫病に。でも運良く治りました」

「そうか、あの疫病に。オメガなのに無事でよかった」

「はい」

「ニコと呼んでもいいんだな？」

「あ、はい」

「息子に名前で呼ばせているわけは？　昨日、息子もニコと呼んでいた」

「ええっと……それは……」

「オメガならいずれ離れる可能性もある。仕方ないということか」

「あ、はい」

一応、親ということにはしているけれど、本当の子供じゃないので名前で呼ばせている。

伴侶証明書というのを提出すれば、男同士でも伴侶になり、子育てをすることができるのだ。ただしアルファとオメガの場合のみ。

オメガはある時期だけ、「伴侶証明」を出した相手との性行為によって妊娠できる。

ニコはベータなので、同性同士で子供を作ることはできない。そんなニコがオメガのふりをして子供を育てるのは、故郷だけでなく、この国でも重罪だ。

ミカリスが三歳になったら、しかるべきアルファの施設に彼をたくし、自分はどこかに姿を消そうと思っている。

遠くから見守れれば。ミカリスはニコのことを忘れてしまうかもしれないけれど、それでもかまわない。

あと二年。それまで無事に過ごすことさえできればそれでいい。

「ニコ、ニコ……ロージュ、ロージュ」

ミカリスはニコが薔薇の花びらを分けていると、ロージュという言葉も口にできるようになっていた。この刺繍のついた白いブラウスはニコが手作りしたものだ。

「自分は二種類しか持っていないのに、息子は衣装持ちだな。とっかえひっかえ、手のこんだ刺繍の素敵な服が山のように積まれている」

レヴァンが感心したように言う。

「山というほどではないですけど……たしかにたくさんありますね」

「遠くから見ていると、王子と使用人のようだぞ」

「それでもいいです」

「近くで見れば親子だとわかるが。ふたりから感じる空気が同じだ」

「よかった」

彼の手当てを終えたあと、ニコは制作途中のミカリスのズボンをひきだしからとりだした。毎日、少しずつ刺繍をしているのだ。赤く染めておいた糸を針に通していると、レヴァンは手元が見えやすいようにと蠟燭を近づけてくれた。

「ありがとうございます」

「綺麗な刺繍だ。花と太陽か」

「ええ、この模様はおまじないみたいなものです。ミカリスの人生が光に包まれ、綺麗に花ひらくようにと」

「すごいな」

レヴァンはミカリス用のズボンの刺繍を指でなぞると、くすっと笑った。

「自分のことはどうでもいいのか？」

「え……」

「生活のすべてが息子中心だ」

「ええ、だってそのためにここにいるのですから。それに息子の服を手作りするほうが楽しいので。ぼくのものは清潔だったらそれでいいです」

「それでいい？」

「ええ」

「きみは自分のことにまるで興味がないようだな」

「そうですね、ミカリスと暮らすようになるまで、わりと身のまわりのことはどうでもいいタイプでした。服は清潔であればよかったし」

修道院では僧服だった。清く貧しい生活。ニコ自身、それで満足していたし、生きていくことに必要なもの以外に興味はなかった。

けれどミカリスと暮らすようになってから変わった。

彼のためになにかすることが楽しくて仕方ない。気がつけば、可愛い刺繍の服やパッチワークのシーツを作りたくてうずうずしてしまうのだ。

「あ、でも次はミカリスのものを仕上げたら、同じ模様の刺繍で自分の服やエプロンも作ろうかと思っています。親子でおそろいだと思うとうれしいから」

「……めずらしいな」

「え……」

「おれの知っているオメガ……貴族に仕えていたオメガたちだが、彼らはもっと自分にかまけていたぞ。髪を伸ばして手入れをし、肌を磨いて艶やかにし、服だけでなく下着にも凝って、宝石を身につけて。愛されるために、より美しくなろうと努力して」

しまった……。

すっと背筋に冷たいものが奔る。

――そうなのか、オメガはもっと綺麗にしていなければいけないのか。

まったく知らなかった。オメガがどういうふうに生きているのか。知っているのは、修道院の病院の裏にあった娼館のオメガだけ。

彼らももちろん綺麗にはしていた。でもそれは娼館の人間だからと思いこんでいた。貴族に仕えていたオメガもそうだったのか。

「すみません、そうですね。ぼくは……全然なっていなくて」

ニコはごまかすように苦笑した。

心苦しい。嘘をついていることがバレたらどうしようと思うだけで恐怖を感じる。

「おれに謝らなくてもいい。意外な気がしたからだ。きみがあまりに素朴で」

「そうですね、ぼく、あまり華美なことに興味がなくて」

嘘に嘘を重ねている。そんな自分が嫌になってくる。

「手製の石鹸で髪をふわふわになるように洗い、ローズオイルで丁寧に肌を整えている。そのせいか、この赤ん坊は……王族の子供のように肌や髪の状態がいい」

「そうですか？　ならうれしいです」

自分にできる精一杯のことをしようと思って、いろいろと工夫してミカリスを育てている。

だからそんなふうに褒めてもらうと胸が軋《きし》む。

本当の親ではない。オメガのふりをして、子供を育てている行為への罪悪感のせいか、胃の奥に鈍い痛みを感じるのだ。

「自分の子供にしても……ちょっとやりすぎなくらいだ」

もしかして見透かされているのか。親子ではないと。

「不自然でしょうか……」

声が震えている。怖い。親子ではないことがバレて引き離されたらどうしようという不安と同時に、このひとから軽蔑《けいべつ》されたらどうしようという不安がずっしりと心を重くしていく。

「不自然ではないが……もしかして」

「——っ」

やっぱりバレている？　気づかれているのだ。

背筋がどんどん冷たくなっていく。足元の床が一瞬で抜けてしまったような錯覚にふらつきそうになったとき、レヴァンが予想もしなかったことを口にした。

「高く売るためか？」

「高くって」

意味がわからず、ニコはおうむ返しすることしかできなかった。

「その子を商品にするから……そうやって丁寧に育てているんじゃないのか」

「は……？」

「オメガのシングルマザーがアルファの子を産んで高く売るビジネス……犯罪だったが、戦争で混乱し、現政権ではまったく摘発されなくなったのをいいことに、ここ最近はそうした闇業者が暗躍していると聞く」

そういえば、男娼のニコルイはそんなビジネスをしていた。あのときは犯罪だったが、今では摘発されなくなっていたのか。

「これだけ美しく、頭の良さそうなアルファの子供なら、かなりの値で売れるだろう」

「……っ」

ニコは心臓が震えるのを感じ、思わずレヴァンの胸ぐらにつかみかかっていた。

バレていない――という安心感を抱く余裕はなかった。それよりも、そんなふうに解釈されたことに、チリっと身体の奥で怒りの焔が点火する。

「すぐに出て行ってください。お金なら渡します。あるだけ全部。その代わり、ここから出て行ってください」

「……ニコ」

ニコの激変に、驚いたようにレヴァンが目をすがめる。

「本気か」

「ええ」

古い石造りの店内に、ニコの声が低く響く。

「さあ、早くっ」

ニコは空いているほうの手で扉を指差した。

「……怒ることか？」

さも不思議そうに問われ、真剣に殺したくなった。

「失望しました。優しくて、仕事熱心なひとだとうれしく思っていたのに。昨日、平和を願っているあなたの気持ちに感動した自分がバカでした」

「平和？」

「ええ、何て尊い心の持ち主だろうと思ったんですよ。ぼくも同じ。ミカリスのためにも平和な世の中になって欲しい、だからあなたを雇おうって。それなのに、そんな残酷なことを。あなたの心にぼくという人間へのそういう目があるなら、今すぐ出て行ってください。ミカリスの耳に汚い言葉を聞かせたくない」

不思議だ、自分のどこにこんな強さがあるのか。これまで気づきもしなかった。けれどここで負けたくなかった。

これだけは譲れないという、激しい焔が燃えあがっていく。

そんなニコの気迫が伝わったのか、レヴァンはふっと肩をすくめて苦笑した。

「それは困る。行き先がない。気を悪くしたのなら謝る」

「謝るくらいなら口にするな。ミカリスの前で……よくも」

相手が年上で、自分よりもはるかに身分が高い……ということは、頭から消えていた。もはや世界中のほかのことはすべてどうでもよくなっていた。

「次に言ったら、あなたを殺します」

じわじわと眸に溜まっていく涙を見られることも屈辱に思え、ニコは涙を流すまいと必死に奥歯を噛み締め、じっとレヴァンをにらみつけた。

レヴァンはニコの腕をつかみ、自分から引き離した。

「その前におれがきみを殺してしまう……とは思わないのか？」

唇を閉ざしたまま、ニコは大きく首をふった。

「バカなやつ。こんな細い腕をした小柄なオメガ、歴戦の騎士であるおれからすれば赤子同然だぞ。きみにおれが殺せるわけがない」

「でも殺す」

「虫も殺せないような顔をして」

「顔なんて関係ない。小柄だろうが非力だろうが、意志の強さでは負けない」

きっぱりと言い切った瞬間、決壊したようにニコの眸からボロボロと涙が落ちていく。静かなまなざしでそんなニコを見つめながら、レヴァンは予想もしなかった質問をしてきた。

「そんなに大切なら、どうしてシングルで育てているんだ」

「――――っ！」

どうして？　どうして……。その言葉が耳の奥でこだまする。頭が真っ白になり、ニコは返事ができずに硬直した。

「父親は誰なんだ？　相談はしなかったのか？」

「それは……」

手をにぎりしめ、ニコは視線をずらした。

この子の父親が誰なのかなんて知らない。唯一の親族につながるものは、あのとき、この子のそばに置かれていた指輪だけ。

しかもこの子の親族ではなく、この子を狙っているかもしれない人間のもの。

「オメガが伴侶もなく、シングルで子供を育てていると、ありとあらゆる負の方向への色眼鏡で見られてしまう。父親のいない子を育てることへのリスク……オメガなら、最初からわかっているはずだ。それなのにどうしてこんな道を選んだ」

どうしてこんな道を……と言われても答えようがない。そもそもオメガではないのだから。では自分がもしオメガだったらどうしただろうと考えても、先の見えない迷路に迷いこんだようにニコは混乱していた。

「い、いいんです、そんなことはどうだって。ぼくが父親でもあり、ぼくが母親でもあるんです。それだけでいいんです」

「は？」

訳のわからないことを言っているのは自覚していた。

そもそもが偽りなのだから、ちょうどいい答えなんてあるわけない。そんな迷路のなかで、どんなにもがいても答えが見つかるわけない。

「白い目で見られることも色眼鏡で見られるのも慣れています。だけど、そんなことはどうだっていいんです」

「どうだっていい……だと？」

はい、と、ニコはうなずいた。

「ぼくには、ミカリス以外、大事なものなんて存在しないので、誰に何と思われてもどう言われてもそれで不都合なことなんてなにもないんです」

ひらき直ったように思われかもしれないが、本心だった。

「シングルのオメガということが原因で仕事が奪われるなら、さすがに絶望しますけど、幸いにもここでは贅沢さえしなければ、衣食住が足りていますので」

こうしていると、本当に余計なものがなくても、心さえ満たされていれば幸せなのだと実感する。

ミカリスはニコにそうしたことを教えてくれているのだ。

「ぼくはこの子を命がけで育てています。この子が三歳になったら、世間の決まりにしたがってアルファの施設の門をたたくつもりではいます。シングルのオメガが育てるわけにはいきません。きちんとした教育、アルファとしての幸せのために。でもだからといって売ったりはしません」

「本気……か？　三歳まで育てた教育費も？」

「当然です。里子としてあずかったわけでもないのに。第一、お金には変えられないものをたくさんもらっているのに、教育費だなんて」

「もらっている？」

「美しく幸せな時間、愛、平和、安らぎ、生きる希望……」

そう、自分にとって生きる希望なのだ、ミカリスは。

ミカリスに会うまで、ずっと凍っていたものがある。

両親の死、祖父母からの拒絶、さらに戦争や疫病……あの日々のなか、身体の奥底で「心」や「感情」といったものが死んでしまっていた。

それがあのとき、ミカリスの笑顔を見た瞬間にふっと春の光に雪が解けるように心の底に澱《おり》のように固まっていたものが流れ落ちたのだ。

やわらかくゆるんで溶けて出ていった。残ったのは、朝陽にむかって花がひらいていくように、美しく綺麗で優しいものだけ。

「ぼくはミカリスからあふれんばかりの幸せをもらっています。だから売るなんて考えたことはないです。返したいこと、捧げたいことはいっぱいあるけど……」

本当に心の底からそう思う。

「信じられないな、そんなやつがいるなんて」

深々と息をつくレヴァンの横顔に、彼の闇が見える気がした。

「多いのですか？　そうじゃないほうが……」

「さあ……どうだろう」

レヴァンはミカリスに近づき、切なそうに見つめた。

「おれは親を知らない」

知らない？　公爵なのにどうして？

「この赤ん坊は幸せだな」

レヴァンがふっと口元をゆるめ、ミカリスを抱きあげた。ミカリスがふわふわと微笑している。やっぱりこのひとはいいひとだ。彼のなかに悪意や敵意があるのではない。

「幸せならいいんですけど」

「大丈夫、この子は最高に幸せだ」

レヴァンはミカリスをあやしながら、独り言のようにつぶやいた。

「おれは……オメガに売られたアルファの子供だった」

このひとが？　突然の告白にニコは顔をこわばらせることしかできなかった。

「さっきは失礼なことを口にした。つい自分と置き換えて考えたんだ。すまなかった、きみが怒るのは当然だ」

カタカタと窓枠が鳴る。風が出てきた。晩夏の夕風特有の冷たさに身震いしたニコは、ミカリスを抱くレヴァンに背を向けて窓を閉めた。

ニコは作っておいたハーブティーにレモンを搾ってレヴァンのカップにそそいだ。ふわっと広がるレモンの香り。心が落ち着くだろう。

「あの……訊いていいですか」

「なにを？」

「あなたが……どのような生い立ちなのか。公爵なのに、売られたって」

自分の秘密を語らないまま、相手にだけこんなことを尋ねていいか迷ったが、知りたいという気持ちが心の垣根を越えていた。

「いいよ、隠すことでもない。おれには両親はいない。三歳のとき、売られ、城の兵士となるように育てられた。幸いにも成績がよく、知識もあったので出世していった」

レヴァンは生い立ちを教えてくれた。

「やがて爵位をもらった。両親もなく、施設に売られたアルファがここまでくるのは大変だったが、王はおれの騎士としての力、それから誠実な性質を気に入ってくださった。両親のように接していただいた」

「それで公爵の地位を？」

「ああ、といっても、最初は男爵だったが……王太子とよく似た風貌だったので……身内のようにしてくれたのだ」

やがて王の命令で、王太子夫妻の警護についた。

その後、王太子に生まれてくる子が男子だったときの養育係、姫だったときは用心棒代わりをするように命じられ、赤ん坊の世話をする訓練もした。

――あ……だから赤ん坊の世話ができる……と。

その後、王太子の推薦で公爵になった。

「王族でもないのに？」

「薬草を使った血液検査の結果、王族の血をひいていることがわかったのだ」

「ああ、それで」

ニコルイが言っていた薬草だろう。身分の高い人間たちしか使えないようだけど、それで親子や家族だとわかるというのがすごい。

「貴族たちには、そのことが伝えられ、王太子が即位するときには、国民にも正式に王族だと紹介される予定だったたが」

だが戦争が始まり、クーデターが起き、王と王妃は殺害され、王太子も殺された。王太子はレヴァンと同い年で、とても優秀で、将来を嘱望されていたらしい。

「クーデターをおこしたのは、今、国王を名乗っているガロンスキーという男だ。その前は第一騎士団の団長で、常に国王のそばにいた」

――ガロンスキー騎士団長……。

ミカリスを助けたとき、その名前を聞いた。

——ミカリスが生きていることを、その男に知られたらどうなるか。正しくはミカリスのふりをさせているぼくの愛する子……。

ニコの心臓はドクドクと脈打った。よみがえってくる記憶にじわじわと黒い不安の影が胸の底で渦巻いていく。

「ガロンスキーが騎士団長だったということもあり、軍隊が彼に味方し、首都とモルダヴィア城を占拠してしまった」

そのころ、レヴァンは王太子妃となっていた妊娠中のオメガを命がけで逃がし、安全な場所で出産できるよう手配した。

オメガの出産専用の尼僧院から無事に王子が誕生したという連絡がきた。

「それなら、その王子さまこそ」

「ああ、その王子こそ正統な次の国王として即位すべきだった」

連絡を受け、次の隠れ家をさがしながら、王子を即位させる準備をしていたが、仲間の裏切りにあい、レヴァンはクーデター軍に捕らえられた。

「おれも王族のひとりなので、ガロンスキーの処刑リストに入っていたが、すぐに殺されることはなかった。処刑の前に彼らは王子の居場所を吐かせたかったのだ」

隠れ家を訊きだそうとする敵の兵士たちに激しい拷問を受けた。

だが決して口を割ることはなかった。

身体に残っているのはそのときの傷だ。片目も一時的に見えなくなったが、ここで生活するうちに良くなってきた。

「しかし結局、半年がすぎたころ、居場所が発覚してしまった。王太子妃は殺され、王子も暗殺されたと耳にした」

レヴァンはひき絞るような声で言った。

「おれは無力だった。無力すぎた」

国中の至るところで戦いが続き、憎しみと憎しみがぶつかり、血が流れ、自身が本当に無力で、何もできないみじめさ、生き残ったことに自己嫌悪してきた。

「おれだけが生きている……おれだけが」

うつむき、いたたまれなさそうにしているレヴァンに、ニコはどんな言葉をかけていいかわからず、もう一杯、今度は薔薇水をブレンドさせたローズワインのグラスをそっと彼に差し出した。

——どうぞ。

心のなかでそうつぶやきながら。

彼がグラスをとり、くるっとまわすと、ふんわりと甘い薔薇とロゼワインのまざった馥郁《ふくいく》とした香りが室内に広がっていく。

優しい香りに少しだけ心が慰撫《いぶ》されたのか、レヴァンはわずかではあったけれど、さっきよりも表情をやわらげてワインを口にした。

少しでも、ほんの少しでも心が癒《いや》されたらという気持ちからだったが、正解だったようだ。グラスを置き、彼はニコの手をとると、そこにそっとキスをした。

「……っ」

驚いてひっこめようとしたニコの手を裏返し、彼は手のひらにほおを当ててきた。

「薔薇の香りがする。少しだけこのままで」

ニコの指先からは身体よりも濃厚な薔薇の香りがする。花びらに触れ続けているせいだろう。

「守るという約束を果たせなかった。だから生きるつもりはなかった。だが」

「だが？」

問いかけたニコを見あげたあと、レヴァンは手を離した。

「このまま故国を悪人どもの好きにさせたままでは死んでも浮かばれない気がした。せめて故国に正統な血筋の国王を。そして平和を」

彼の悔しさ、憤りがひしひしと伝わってくる。

「ここでひと冬の間、傷を治したい。だからちょうどよかったのだ」

そうか、冬季の間だけの住みこみの仕事だから。

今、幽閉されている王弟を助け、国に平和をもたらす。それを目標に生きているのだ。

「ガロンスキーは本当に王家の血をひいているのですか？」

「ああ、彼の祖母は王家出身のオメガだ。オメガの系統という時点で王位継承権はないのだが、それを恨んで……」

「——っ！」

骨肉の争い？

「……つまり……王族同士の争い。あなたは王弟側の人間ですか？」

ニコは震える声で問いかけた。

「そうだ。おれは王弟殿下のジーマさま側に」

その名前を耳にし、ニコは絶望的な気持ちになった。

あのとき、騎士たちの言葉によると、ジーマとガロンスキー騎士団長という相手からミカリスは命を狙われているようだった。

ガロンスキーもジーマもミカリスの敵だ。

「血統的にはジーマさまのほうが正しい王位継承者だ。だがガロンスキー騎士団長が王位を簒奪《さんだつ》してしまった。それ以来、国は飢饉《ききん》、疫病が蔓延《まんえん》し、乱れ続けている」

今は騎士団長だったガロンスキーが王位を継いでいるが、幽閉中の王弟派の貴族も多く、国が二つに分かれている状態だ。

レヴァンはガロンスキー騎士団長と敵対している関係ということになるが、いずれにしろ、ミカリスが何者なのか、決して知られないようにしなければ。

もちろん命に代えてもミカリスを守るつもりではいるけれど。

――そう、なにがあっても。でも……。


ニコはミカリスを入浴させる準備をしながら当時のことを思い出していた。

「さあ、ミカリス、こっちだよ」

半年でかなり大きくなった。あのときは抱きあげると壊れそうだったのに。

半年前の明け方、この赤ん坊を秘密裏に暗殺しようとしていた騎士たちがいた。

彼らの会話のなかに出てきた名前……。

『ではもう一度首を絞めて。ジーマさまの仕業にしろと言われていた。そうすれば、万が一、この赤ん坊の正体がバレたとしてもジーマさまが地位のために暗殺したと思われる』

『では、このジーマさまの指輪をここに』

レヴァンの話によると、今、王位を継いでいる騎士団長がガロンスキー。その男がジーマのしわざに見せかけ、この赤ん坊を殺すという話をしていた。

――そうだ、そう言っていた。

彼らはジーマに濡《ぬ》れ衣《ぎぬ》を着せ、赤ん坊を殺そうとしていた。ということは、ジーマからも邪魔だと思われてもおかしくない人間の子……。

「……」

騎士団長からも王弟殿下からも邪魔な存在――どれだけ考えてもわからない。

今も昔も政治がどうなっているのか、今日、レヴァンから聞くまで、ニコには本当によくわかっていなかった。

――今、国家を支配しているガロンスキーの敵は……レヴァンさんの仕えていた相手。

ニコにわかるのはそれだけ。なにがあってもレヴァンには、この子の本当の出生を伝えることはできない。

彼自身はとてもいいひとだと思うけれど……と、ニコがむずかしい顔で考えこんでいると、腕のなかのミカリスが小さな手でペタペタとニコのほおを触ってきた。

「……っ」

ハッとして見ると、つぶらな目が心配そうにこちらをうかがっていた。清らかな美しいまなざし。そのくりくりとした双眸に胸が熱くなる。

――この子はぼくの子供だ。そうだ、殺されそうになっていた赤ん坊じゃない。

そのために自分は男娼のニコルイの身分証を持ってこの国にやってきた。役所にもそう届けた。元男娼のオメガ。この子は父親のわからない子供。

そうすればこの子が暗殺されることはないと思ったから、暗殺されかかっていた赤ん坊と、本物のミカリスの遺体を交換したのだ。

そして疫病で亡くなったニコルイと自分が入れ替わった。

誰にも言えない自分だけが知る真実。この真実は永遠にニコの胸のなかだけにだけしまっておかなければ。

この子が本物の「ミカリス」ではないことは誰にも知られてはいけないのだ。

――レヴァンさんに伝えたら……どうなるのだろう。

平和のために命を捧げるというレヴァンの心に共感はしたものの、彼の思う「平和」な社会が、ミカリスの命を奪った先にあるものだとしたら。

ジーマの命令があれば、彼がミカリスに害をなさないともかぎらない。彼の正義とニコの正義は違うのだ。

それと同時に、レヴァン自身の身も危うくしてしまうかもしれない。政治的に重要な血筋の子供を、レヴァンがかくまっていたと判断される可能性もあるのだ。

――どちらのためにも、ぼくがこの子のことを隠し通さなければ。

それが正しいことなのか、どうなのか。人によって正しいことが違うので、ニコにはよくわからない。

——でも……ぼくはのうのうと幸せになる気はない。そんな権利がないのはわかっている。

ニコルイの身分証で、自分の人生を偽装している。

ニコがしたことは終身刑に値する。あるいは流刑か鉱山での懲役刑か。

——いい、すべてが終わったらどんな刑を受けることになっても。

覚悟はできている。

そうなってもいいと思ったからミカリスを連れてここにきたのだ。

モルダヴィアだけでなく、この国でもルーシでも、重大犯罪として重い罰を受ける。

どこに行っても、ニコがしたことは厳罰に処されてしまう。ましてや、ニコルイの話では、ミカリスはさる高貴な家の血をひく息子だったらしい。

もうニコルイ親子は亡くなってしまったけれど、その証拠が修道院の地下の図書室の本棚の下に隠されている。

急なことだったので中を確認することはできなかったけれど、いつかたしかめに行こうと思っている。この子の安全を確認したあと、自首する前に。

——この子もそうだ。本当の名前も両親のことも知らないけれど。

あのとき、この子を殺そうとしていた騎士たちの話から想像することしかできないけれど、この子は騎士団長やジーマさまという身分の高い人間たちが暗殺しようとするほどの血筋なのだ。

この子を生かしておきたくない……と思うほどの。

いずれにしろそんなアルファを連れて他国で暮らしているニコの行為は一見すると誘拐罪だ。

身分偽証罪に、誘拐罪。この子の命を守ろうとした思いが真実であっても、現実的にはどちらもおそろしい罪なのだ……。

全部全部わかっている。わかっていて自分で決めたことだ。

「ミカリス、ぼくがきみを守るからね」

ニコは笑みを浮かべ、ミカリスを浴槽に入れた。

「……だあだあ……ニコきゅん……」

無邪気に笑っているミカリスの歯茎には小さな歯が四本見える。きらきらとした真珠のようだ。

「さあ、綺麗綺麗しようね」

あたたかい湯に浸すと、ミカリスはふわっとほおをふくらませ、目を細めながら気持ちよさそうに小さく息をつく。

少しずつ肌が薔薇色になっていくのを見るのが好きだ。幸せな気持ちになる。手をばたつかせて湯を弾《はじ》きながらきゃっきゃっとはしゃいでいるときの笑顔も心を優しくしてくれる。

ミカリスの笑みは天使の笑顔だと思う。

「きみはぼくの子供だよ。ぼくが守るからね」

ぼくの子供。この子はぼくの子供。ぼくはオメガだ。何度も何度も祈りのように唱えながら、ニコはミカリスに声をかけ続けた。

――レヴァンさんに惹かれているのなら、でも彼がジーマという人物に仕えているのなら、半年だけの仕事仲間として割り切らなければ。

「しっかり傷を治しながら働いてください。怪我をしているなら無理のない仕事がいいですよね。それなら、薔薇のジャム作りを」

毎日ニコは暖炉で薔薇のジャムを作っている。煮つまらないようにくるくると混ぜ続けなければいけないのだが、これなら彼でもできるだろう。

「ニコは？」

「ぼくは薪割りをします。外のゆりかごでミカリスにひなたぼっこさせながら」

「そのくらいはおれでもできる。ジャム作りはあとで教えてくれ」

彼はひょいとミカリスを肩に乗せると、木戸を開けて裏庭に行った。

きらきらと眩い陽差しが二人の頭上から降ってくる。

「わあ、わあ」

ミカリスが楽しそうにしている。レヴァンも笑顔だ。

一瞬、ジーマやガロンスキーのことも忘れ、ただの父親のいない子供と、感じのいいお兄さんとが仲良くしている光景に見え、ニコもほほえんでいた。

これだけがすべてならいいのに。

今、この目がとらえているものだけなら。

ニコが笑顔で見ていると、視線に気づき、レヴァンがふっと目を細めてほほえみかけてくる。

「この子はどこに寝かせればいい？」

「あ、それなら日陰のゆりかごに。枕元《まくらもと》にあるハーブを吊《つ》るして虫が近づかないようにしてください」

「日向ぼっこなのに日陰なのか？」

「直射日光は肌を痛めますから。少し影になっているところに」

「変わったベッドだな」

外用にニコが作ったものだ。ベビーベッドと同じような形をしているが、蚊や虻《あぶ》に刺されないよう、ミントのハーブをシーツの下に敷き、よく眠れるよう枕にはラベンダー、それから四隅の柵《さく》から虫除《よ》けのポプリをぶら下げている。

カラスや肉食の鳥に狙われないよう、大きな鷲の形をしたぬいぐるみを作り、きらきらと光る糸を編みこんでいる。

「こうしていると安全なんです。カラスに狙われても困りますし、虫に刺されないようにもしたい。蛇だって危険だ。この森には猛毒のクサリヘビもいますから」

「たしかにそうだな」

「一人で育てているので、万が一、ぼくが目を離したすきになにか起きないように。ぼくが薪割りをしている間にハーブのポプリを吊るしておくのです」

「それはなかなか感心だな。日曜大工はそう苦手じゃない。大きくなったら遊べるよう、ここにいる間におれがブランコを作ってやろう」

「本当に？」

「薪割りはおれにまかせろ。きみは赤ん坊のベッドを整えてやれ」

「でもやっぱり怪我が」

「さっきも言っただろ、そのくらいは平気だ」

レヴァンは斧を手に、あざやかに薪割りを始めた。

ニコはミカリスを抱きながら、驚いて彼の姿を見た。

「だあだあ」

ミカリスがうれしそうに手をたたいている。

ニコはミカリスを抱っこしたままベンチに座り、その様子を眺めた。

片方の足が不自由だというのもわからない。綺麗に木を切ってくれる。ニコがやっているよりもずっと簡単に。

――さすがに体格が違うから。

助かると思った。

「ありがとうございます、ではぼくはミカリスの世話をしますね」

「では、おれは薪をペチカの前に運んでおく」

ありがたい。実は結構大変だったのだ。

ニコはミカリスの世話を終えて夕食の準備を始めた。

「いい香りがする」

クレープを焼いているとレヴァンがもどってきた。

「ミカリスは……すやすやと眠っているな」

レヴァンがベビーベッドをのぞきこむのが日課のようになっている。そのとき、くしゅんとミカリスがくしゃみをした。

「あ、そこの毛布かけてもらえますか」

「わかった」

ていねいに毛布をかけてくれる姿を、ニコは切ない気持ちで見つめた。

一見、とても平和でおだやかな時間なのに、自分のしていることは罪深いことだと思うと、怖くて、時々、真っ暗な闇に堕《お》ちていくような錯覚が起こる。

――だめだ、だめだ。弱気になったら。ミカリスを守るのが一番の目的なんだから。

自分で自分を励まし、ニコはクレープをくるくると巻いた。

「クレープ、どうぞ」

レヴァンの分のクレープを皿にのせ、桃のジャムとヨーグルトソースをかけてテーブルに置いたとき、毛布の下から一枚のカードが床に落ちた。

レヴァンが拾おうとしたが、ハッとしてニコは「だめです！」と叫んでいた。

ニコはあわててカードを拾った。

それはニコの身分証だった。これまでの経歴が全部そこに記されている。ニコ本人ではなく、疫病で亡くなった男娼だったニコ――ニコルイのもの。

心臓がドクドクと脈打つ。背中にイヤな寒気が走るのを感じた。

「どうしたんだ？」

「あ……いえ、ごめんなさい、何でもないです」

「謝ることはない。そうだ、テーブルのクレープ、いただいてもいいのか？」

「あ、いえ、あ、はい、どうぞ」

身分証……彼が拾おうとしたとき、心臓が止まるかと思った。

わざわざ細かく読むような人ではないとは思う。けれどここに書かれていることは知られたくない。バレたくない。そう思っていた。

――……ぼくは……嘘だらけだ。

ルーシ出身の奴隷。男娼ニコルイ。

ミカリスはニコルイの三男。そう記されている。

長男はモルダヴィア王国の闇の斡旋業者経由で貴族の養子とした。父親は不明。

次男はオメガなので男娼にするため、いったん娼館の館長にあずけたようだが、その後、行方はわからない。同じく父親の名は無記入。

人身売買をした証拠だ。長男はレヴァンと同じように。次男は次男で別の形で。

レヴァンにキッパリと否定したのに、ここに書かれている経歴ではニコがそれをしたということになっている。

――これだけ読むと……とんでもないオメガだ。実際にニコルイがしたことだけど……でもこの経歴から受ける印象とはまた違う。

自分の出生に苦しんでいたし、オメガという性のあり方の犠牲者のようにも思えた。少なくともニコには、故郷の国でたったひとり、親切にしてくれた人間だった。

だから完全に彼の人生を否定したくはないけれど、これをレヴァンには見られたくなかった。ニコの人生だと思われたくなかった。

――でもニコルイの人生以上に……ぼくのしていることは罪深い。

発覚したときは、終身刑に……。

ミカリスの誘拐罪まで問われたら、もっと重いことになるかもしれない。

ぬぐおうとしてもぬぐうことのできない罪悪感の根源は、ベータなのにオメガのふりをして生きている現状だ。

実の息子でもないのに実子としてミカリスを育て、平和のために生きようとしている志の高いレヴァンのような人間をだまし、この街の親切なひとたちもだましている。

——あのとき、ミカリスを助けるには……これしかないと思ったけど。

これでいいのか、これしかなかったのか。

答えのない疑問がいつまでも胸に広がっていた。

4　レヴァンの初恋

夏が終わり、少しずつ夜の始まりが早くなっている。風も涼しくなってきた。

いつものように薪をまとめ、レヴァンが店の裏の物置に運んでいると、男性たちが裏から建物のなかをうかがっていた。

表通りに面した店側ではなく、裏の勝手口の近くで、若い男性三人が窓からじっと。

——おれを追ってきたのか？

ニコにも説明したが、隣国モルダヴィアの内戦で敗北し、捕らえられ、処刑される一歩手前で脱獄し、命からがら敗走してきた。

この国とモルダヴィアは国交がなく、戦争難民を受け入れてくれていることもあり、追っ手がくる可能性はないはずだが。

「……」

とっさに腰にたずさえていた剣を抜き、息と気配を殺して近づいていったが、どうやら違ったらしい。三人の男性は窓から浴室をのぞいていたのだ。

「なにをしている」

後ろからレヴァンが声をかけると、彼らは驚いた様子でふり向いた。男性というよりもまだ少年だ。十代半ばくらいの村の少年たちだった。

「ご、ごめんなさい、あの……あんまりニコさんが綺麗で」

「何だと」

レヴァンは眉をひそめた。

「すみません……ニコさんのこと好きなんです」

「ぼくたち、みんな、大ファンで」

「シングルマザーのオメガなら……相手してくれるかと思って」

「元男娼なんですよね？」

「——っ！」

レヴァンは彼らを睨《にら》みつけ、無意識のうちに剣をつかむ手に力を加えていた。一瞬、この三人を剣で切り裂きたい衝動が腹の底から湧いてきた。

いや、切り裂くだけでは気が済まない。もっと苦しめたい。そんな衝動が身体のなかでマグマのように渦巻く。

「あの……ニコさんと付き合わせてもらえないでしょうか。一晩だけ」

「ちょっとだけでいいので……ぼくたち、アルファなんです」

「ええ、貴族ではないけど、全員、大農場の持ち主や豪商の息子なんです。必要な分の代金はちゃんと払います」

彼らがボソボソとつぶやいた瞬間、レヴァンは持っていた剣を地面に勢いよく突き刺した。自分でも背中に焔でも背負っているのではないかと思うほどの激しさで。

「……っ」

三人がビクッと全身を震わせる。怖気《おじけ》づいている相手をさらに威嚇するように、レヴァンは低くひずんだ声で言った。

「ニコはおれの伴侶だ。男娼ではない」

とっさにそんな言葉が出ていた。

「シングルマザーでもない」

「でも……たしか」

「ミカリスはおれとの子供だ」

そう口にしたとき、一気に身体が軽くなるような感じがした。なぜか口元に薄笑いを浮かべていた。

彼らを挑発して楽しんでいるような。

「え……っ……シングルだと、ここにきたときに」

「おれが戦死したと思っていたのだ。もともと激しく愛しあった伴侶同士である。だが、騎士として隣国の戦争にまきこまれたとき、なにかの間違いでおれが戦死したという連絡がニコに届いた。そのころ、ニコはミカリスを妊娠していた、ニコはおれとの愛の結晶……ミカリスを育てるため、この平和な国にやってきた」

次から次へと出まかせが出てくる。

自身にこんな想像力があったのかとか驚いてしまうほどだ。こういうのは想像力ではなく、妄想力とでもいうのか。

これが真実だったらどれほどいいか。自分で言いながらもそう思いこみたくなる。いや、そう思いこもう。

「帰れ。次に勝手に敷地に入ってきたら、殺す」

レヴァンは地面から抜いた剣の切っ先を真ん中の少年の喉元《のどもと》に突きつけた。また身体が軽くなる。この心地よさは何なのか。

「殺すって……」

「ニコはおれのものだ。勘違いしているようだから言っておく」

高圧的に三人を見下ろす。

彼らはあわてた様子でその場を去っていった。

――発情期でもないのに……男をひき寄せるのか、ニコは。

そもそも今のやつらは、アルファと自称していたが、どう見ても違う。ベータのはずだ。それなのにニコに惹かれるとはどういうことだ。

たしかにニコは愛らしく美しい。ミカリスを抱いている姿は聖母のようだ。だが発情期特有の匂いもしないし、オメガとしてアルファを求める様子もない。

少年たちが見ていた木製の窓のすきまからなかをのぞくと、ニコがちょうど入浴しようとしているところだった。

ローズオイルの香気が甘くたちのぼっている石造りの浴室。近くの温泉から引いた湯を浴槽にためながら、ニコが衣服を脱ぎ、髪や肌を洗っていた。といっても、蠟燭が一本だけなので、暗くて、そんなにには見えない。

ただうっすらと火影がチョーカーを外した白い首筋やほっそりとした背中を、時々、浮かびあがらせるだけだ。

小さな腰、長くしなやかな足はシルエットしかわからない。

そっと足の指を楕円形《だえんけい》の浴槽に浸し、身体のすみずみまで包みこむようにして浴槽のなかに身を沈めていく。

浴槽の横に蠟燭があるので、水蒸気が彼の肌をしっとりと湿らせているのがわかった。濡れた金色の髪が額やほおに貼りついている。ほっそりとした首筋にも。憂いのある双眸、それから愛らしい口元。

たしかにオメガのフェロモンを漂わせていなくても、その姿を追っているだけで甘美な気持ちにさせられる。

さっきのシルエットからも、彼がまだ少年のような身体つきだというのがわかった。

子供のいるオメガにしては、乳首が発達していない。

もちろんオメガにくわしいわけではないが、レヴァンが守り人をしていた王太子妃は、もっと成熟した身体つきをしていた。

沐浴《もくよく》のとき、警護をしていたので肉体がどんなふうに変化していたのか知っている。

王太子の伴侶になってから、透明感のある肌がさらに輝きを増して真珠のような光沢を感じさせるようになり、乳首はピンク色になり、ぷっくりと膨らんでいた。だが、浴室はとても暗いのでそれ以外はよく見えない。

けれどニコが王妃のような身体をしていないのはわかる。

王太子は妃の乳首を甘く齧《かじ》るのが好きだった。妃が沐浴を始めると、王太子が現れ、ふたりで楽しそうに戯れていた。

基本的に浴室の前に立っていたので、彼らをのぞいていたわけではない。ふたりの甘い会話や吐息、喘《あえ》ぎ声は耳に入っていたが。

妃の裸身を見たのは二回だけ。

不審者が浴室の天井に忍んでいて彼らを襲おうとしたときと、刺客代わりに浴槽の裏に毒ヘビの籠を何者かが隠しておいたときだけだ。王太子夫妻を助けるため、職務として浴室に入ったときに自然とふたりの裸身が視界に入っただけだ。

美しい肌、見たことがないほど色っぽい乳首をしていた。

しかしただ視覚的にそう感じただけで、レヴァンは伴侶ではないので、王太子妃に欲情することはなかった。

——王太子妃だけでなく、おれは……そもそもそうしたことに興味はなかった。

家族の愛というものを知らないし、誰かを愛したいという気持ちを持ったこともなかった。どうしてなのかわからないが、物心ついたときから人間らしい感情がないのだ。喜怒哀楽というものを感じたことがない。

けれど最近、自分のなかの変化にとまどいをおぼえている。

初めてニコを見たときから、どうもちょっとどこかおかしいのだ。

ミカリスを抱いている彼をいつまでも見ていたいと思ったり、笑顔を向けられただけで鼓動が高鳴ったり、殺すと言われたときはなぜかうれしくなったりした。

——どうしたのだろう、おれは変だ。

ニコがおれの首を絞めるのか？　ニコが短剣でおれの胸を刺すのか？　ニコがおれの首筋をかき切るのか？　ニコのあの細く白い手がおれの命を奪うのか？

そう思っただけで、ふっと熟したダークチェリーや洋梨を口にしたときのように、甘ったるく喉の奥が蕩《とろ》けるような心地よさを感じた。

恍惚《こうこつ》としてくる。息が絶える直前にくちづけでもしてくれたらどれほど幸せだろう。

被虐の趣味があるのではない。

牢獄で兵士たちから拷問を受け、殺されそうになったときは生き延びたい、正統な王を守らなければ、そのために生きているのだという義務的な意欲が胸に広がっていたのに。

——なのに……ニコには殺されたいと思ってしまうのはどうしてなのか。

そう思う気持ちと同時に、さっきの三人には異様なほど激しい殺意のようなものを感じた。どうしようもない怒りに脳が爆発しそうになった。

あんなことは初めてだ。

湧き水のように、楽しい妄想にも似た作り話がレヴァンの口からかあふれて止まらなかった。

ニコが自分の伴侶。ミカリスが自分の子供。ふたりは激しく愛しあって結ばれたものの、戦争によって一時的に引き裂かれた。

そう思いこんだとたん、口元に意味不明な微笑が浮かび、とっさにレヴァンは窓に背をむけた。

——どうしたのだ、おれは。

ニコのことが好きなのか。恋愛感情など持ったことがなかったのに。

そんなことを考えながら窓辺に立っていると、やわらかな声が背後で響いた。

「あの……レヴァンさん……？」

遠慮がちなその声に心臓が縮みあがりそうになる。

「どうされたんですか、そんなところで」

はっとふりむくと、ニコが浴室の窓からこちらを見ていた。

目が合い、ほおがカッと熱くなる。ダメだ、冷静にならなければ。これではまるで自分がのぞき見をしていたみたいではないか。

「……っ」

ニコの首筋にはっきりと残るオメガの標。誰がミカリスの父親なのか。見えない男の存在に、腹の底が焼けるような気がしたが、平静をよそおった。

「あ……いや……不審な人間がいた」

「不審なって？」

ニコが顔をひきつらせる。おびえたように睫毛《まつげ》と唇をふるわせている顔を窓越しに見ながら、レヴァンは安心させようと微笑した。

「のぞきだ。街の若いやつらがきみの風呂をのぞいていて……それで追い払った」

声がうわずっている。しどろもどろに言う自分が情けない。不審者はまさに自分ではないかと己につっこみながらも言葉を続けた。

「ああ、のぞき。それならよかった」

ほっとしたようにニコが息をつく。

「よかったって、重大なことじゃないか。もうこないとは思うが……無防備に窓を開けるのはやめたほうがいい。きみの入浴は男をその気にさせるようだ」

「……ぼくの……風呂をどうして。美女ならともかく」

くすっと笑って濡れた髪をかきあげるニコの笑みがあまりにも愛らしく、レヴァンは胸が締めつけられるのを感じ、窓越しに勢いよくその細い手首をつかんでいた。

「……ニコ」

くっきりとした綺麗な双眸。ほっそりとした鼻筋やあご、それに首筋。艶やかな唇。はだけた首元の白さがなまめかしい。見ているだけで胸が詰まったようになって身動きがとれない。

「そんなことはない、きみが綺麗だから」

「そこまで綺麗じゃないですよね。でも、追い払ってくれたんですね。ありがとうございます。シングルで子供を育てているから興味をもたれてしまうんですね」

「ああ、だから、申し訳ないと思ったが、おれの伴侶だと言っておいた」

「あなたの？」

「あ、ああ、虫除けのようなものだ。伴侶同士で暮らしていると思われたほうが、まわりにも下手に詮索《せんさく》されなくて済む」

「えっ、でもいいんですか？」

「いいもなにも。きみが不快に思わなければ」

「不快だなんてとんでもない。助かります」

ニコはふっと目を細め、あどけない表情でほほえむ。

「ミカリスもおれの子供だと言ってしまったが」

「えっ、本当に？　それも？」

「悪かった」

「悪いなんて……ぼくは……ふりだけでもそうしてもらえたら……すごくありがたいです」

無垢《むく》で、透明感のある優しい笑み。その顔を見ていると、レヴァンは自分がどうして彼に殺されたいと思ってしまったのか、その理由がわかる気がした。

戦争、投獄、脱獄、敗走……その凄惨な日々。この前、話をしたとき、ニコにはくわしく説明しなかったが、内戦が始まって以来、生きている気がしていなかった。

ここでニコとミカリスという親子に会うまで。

「よかった、きみが不愉快な思いをしていなくて」

「その反対です、感謝してます」

彼はどうしてこんなに優しい目で見ることができるのだろう。

「あ……だが、これ以上、悪い虫が近づかないよう、簡単に敷地に入れないよう、家のまわりに柵を造ろうと思う。少しでも不審な人間が入ろうとしたら、鈴が鳴るようにしておこう」

「助かります。ものすごくありがたいです」

レヴァンはまっすぐ彼を見た。目を細めてほほえむ彼の笑みはとても透明で、子供のいるオメガには思えないほど幼い印象だ。

「ああ。ミカリスのためにも。これから先の季節、冬眠前の熊や腹を空《す》かせた狼がやってこないとも限らないからな」

「ええ、どうしようか悩んでいたんです、ぼくでは非力すぎて」

「では、おれは今から森に行って使えそうな木を……」

言いかけたそのとき、ポトっと頭上からなにかが落ちてきた。見あげると、音を立てて雨が降ってくる。今夜は森に行けそうにないようだ。

「雨か、森は明日にしたほうがよさそうだな」

「すっかり濡れてしまいましたね」

「ああ、きみの次に風呂に入るよ」

「じゃあ、今から一緒に入ってください」

「え……」

「伴侶のふりをしてくれるんですよね、だったら一緒に入っても不思議ではないですし」

一緒に……。カッとほおが熱くなった。

「き、きみは……おれに襲われるとは思わないのか」

「まさか……襲いたいのですか？」

「いや」

「なら、一緒に。ご迷惑でなければ、一緒に入って欲しいんです」

「……」

そんな大胆なことを……。

レヴァンはごくっと息を呑んだ。

ドキドキする。胸が高鳴る。ふりをするとはいえ、オメガの彼と一緒に風呂に入ったりして過ちでも犯さないか。自分で自分の理性を保つ自信がない。

いや、それならいっそ本当の伴侶に……。

「き、きみが……それでいいなら」

「ありがとうございます。助かります。来年の春まで、もしよかったらずっと一緒に入っていただけますか？」

「……あ……あ、ああ」

いいのか。そのうち絶対に自分の理性が負けてしまいそうな気がする。

いや、だが、せっかくニコから誘ってくれているのに、ここで断ったら二度とこんなに心躍る誘いはないかもしれない。

「わあ、よかった。最近、ミカリスが大きくなってきたので、手助けが欲しかったんです」

「……」

え……今、なんて。

「レヴァンさんにミカリスと一緒に入ってもらえたらありがたいです」

今、何と。レヴァンは苦笑いした。

そういうことか。ミカリスの入浴補助が欲しかったのか。

「ダメですか？」

「あ、いや……いや、喜んで」

レヴァンはそのまま浴室へとむかった。


「おいっ、じっとしてるんだ、おいっ」

「だあ、だあ」

赤ん坊というのはこんなにも滑りやすく、こんなにも暴れてしまうものだったのか。

石鹸まみれの手でボトンと落としてしまわないよう、レヴァンが必死につかんでいるのを確認し、ニコがミカリスの髪を洗う。

ニコは裸身にガウンをはおり、レヴァンも服を着たまま。裸なのはミカリスだけだ。

「ばぶぅ、ばぶぅ」

湯船に入れると、うれしそうに手足をパタつかせる。手も足もはかなくて、皮膚は今にもやぶれそうなほど薄くて脆《もろ》い感じがした。

「気持ちよさそうだな」

「ええ、この子、お風呂、大好きなんです」

ミカリスもニコも楽しそうに笑っている。ふたりの笑顔を見ていると、明るい気持ちになる。これまでの凄惨な二年ほどの日々が夢のように遠ざかっていく。

「そうだ、レヴァンさんも一緒に浸《つ》かってください」

「え……一緒？　きみはもう浸かったのでは」

レヴァンはごくりと生唾《なまつば》をのんだ。

「はい、ぼくのあとで申しわけないですけど」

「いや、それは全然」

「なら、ミカリスと一緒に。湯冷めさせたくないので、ぼくはミカリスとは一緒には入らないんですよ、すぐに濡れた皮膚を拭《ふ》いてあげたいから。でもたっぷり遊ばせたいので、レヴァンさんが浴槽に入ってくれたらありがたいなと」

「……」

そういうことか。さっきといい、今といい、期待してしまった自分の恥ずかしさをごまかすように、レヴァンは笑顔で返した。

「わかった、父親代わりだ。おれが風呂に入れよう」

石造りの浴室。燭台《しょくだい》の明かりが揺れている。

裸身になり、ローマ風呂のような広々とした浴槽に身を沈める。薔薇の花びらがいっぱいになって下肢までは見えないのが救いだった。

ニコは浴槽のふちに座り、ミカリスを湯のなかに浮かせている。光が湯に反射して彼とミカリスの笑顔が煌《きら》めいていた。

「ぱぷ、ぱぷ、ぱぷ」

ニコの腕のなかで楽しそうにミカリスが泳いでいる。

「こっちまで来られるか」

レヴァンは腕を伸ばしてミカリスを受けとる。犬かきのような泳ぎだが、ミカリスはもう湯のなかを少しだけ進めるようになった。

「わあ、すごい、ミカリス、もう泳げたよ」

「きゃふ、きゃふ」

本当に仲の良い親子だ。自分がこの子の父親ならどれだけいいだろう。

レヴァンのところまでくると、ミカリスは湯をバシャバシャと跳ねさせた。水しぶきが勢いよくレヴァンの顔にかかる。

「こらっ、ダメだろ」

「ダメだよ、ミカリス」

優しい笑顔のニコと愛らしいミカリスの存在。狂おしいほどの愛しさが胸の奥から熱い塊となってこみあげてくる。

とてつもなく切ない、そして静謐《せいひつ》な夜。

こうしていると、ずっとずっとここでふたりが伴侶になって暮らしてきたような錯覚を抱く。こうして家族三人でずっと。

今も目を閉じると、あの内戦の日々を思い出すのに。

大雨のなか、どろどろになって部下たちを連れて深い森を逃走している自分の映像がまぶたの裏に浮かぶ。怪我が悪化してそのまま亡くなる兵士。疫病になって死んでいく人々。苦しさのあまり自ら谷底に落ちていく者もいた。

血と肉の焦げるにおいや死臭が入り交じった日々。いつしか心がカチカチに干からびたカビだらけのパンのようになっていた。

白骨化した遺体から生える草を見ても何の感情も湧かないような。

それに比べ、この場所はあまりにも静かで優しすぎる。そして天国のように美しい。

「どうしました？」

じっと見ていると、ニコが小首をかしげる。ニコの風貌はまだ十代のような幼さが残っている。いつもどこか淋しげだ。

色素の薄い綺麗な眸はどれだけ見ていても飽きない。それどころか見れば見るほど胸が心地よい苦しさに包まれる。

髪も目の色もほぼ同じだが、目鼻立ちはミカリスのほうがやや凛々しい。きっと血のつながる父親の面差しに似ているのだろう。

どんなアルファと愛しあってミカリスを授かったのだろう。

誰がきみとキスをした？

誰がその首筋に歯を立てた？　誰がその細い肩を抱いた？　誰がその肌を慈しんだ？　誰がその乳首に触れた？　誰がその体内を味わった？

そして誰がきみを孕《はら》ませた？　誰が、誰が、誰が、誰が、誰が――。

「レヴァンさん？」

ハッとし、レヴァンは浅く息を吐いた、だめだ、おれの心が焼け焦げていく。このままだと焼け焦げてしまいそうだ。

「ミカリスの本当の父親は？」

視線をずらし、なにも知らないまま、ばしゃばしゃと遊んでいるミカリスの髪に手を伸ばす。彼がはしゃいでいるせいか、そのあたりだけ薔薇の花びらが浴槽のふちに追いやられ、気まずそうな顔をしたニコの顔が湯の表面で揺れていた。

「……ごめんなさい……それは……」

涙まじりのニコの声。まだ愛しているのか。そんなに苦しそうにして。

「せめてその風貌、雰囲気だけでも。春までだが、ここできみの伴侶のふりをして暮らす以上、どんな男だったか知りたいんだ」

湯に映るニコの顔がこわばるのが見えた。

嫌がっている。困っている。彼を苦しめるようなことはしたくない、だからもう訊くなという自分のなかの声を無視し、レヴァンの口はなおもそれをひきずり出そうと暴走してしまう。

「教えてくれ。万が一、本当の父親がここに現れたときのことも考えて。ただそれだけだ、どうこうしようとは思っていない」

これは言い訳だ。ただただニコがどんな男を愛したのか知りたいだけだ。

「それはないです……ここにくることなど」

ニコはうつむいた。ぽとり……と彼の眸から落ちた涙が湯に波紋を広げていく。

「お願い……なにも……聞かないで」

ニコが肩を震わせ、泣いている。どんな男か知りたいだけだが、それを口にすることすら、彼にはとても辛いことのようらしい。

「ニコきゅん、ニコきゅん……ニコきゅ」

彼の腕にいたミカリスが涙に気づき、ニコに手を伸ばす。小さな手でペタペタと彼のほおに触れると、ニコはその小さな身体を抱きしめ、唇を噛み締めて泣き始めた。

「すまない……泣かせる気はなかった。……もう訊かないよ」

やはりこれ以上、彼を哀しませることはできない。嫌なやつだと思われたくないし、無理強いはできない。だが、丸焼きにされた獣のような気分ではあった。

「ごめんな……さい……何でも話せたら……いいんですけど……もしあなたが……なにもかも知らないと、父親代わりができないと言うなら……」

しなくてもいいと言われそうな気がして、レヴァンはとっさに言葉をさえぎった。

「いい、知らなくてもいいから」

「でも」

「いい、泣くな。もう二度と訊かない。必要だと思ったら言ってくれればいい。必要でないと思うなら言わなくてもいい、きみの思ったようにしてくれていい」

「ごめんなさい……本当にごめんなさい」

「たのむ、謝らないでくれ。きみを哀しませたくないし、きみに嫌な思いをさせたくないんだ。おれはここで快適に暮らしたい。ただそれだけだから」

「本当に？」

潤んだ目で問いかけられ、レヴァンは「ああ」とうなずいた。

「半年後には、どうせ出ていく身だ。そのあとは、生きられるかどうかわからない。だからここにいる間は、平和でおだやかに、擬似家族としてでも優しい暮らしがしたい」

「生きられるかどうかって」

心配そうな彼の顔にはっとしてレヴァンは笑みを作った。

「いや、もののたとえだ。ここにくる前も戦争にどっぷりだったし、今、こうしているのが夢のようなんだ。平和で静かで」

「レヴァンさん……」

「だから、笑っていてくれ。ミカリスとふたり、笑ってくれていればそれでいいから」

本当はそれでいいという気持ちではなかった。でも、そう言うしかなかった。


それからしばらくおだやかな毎日が続いた。

レヴァンは朝早く森に行き、彼の家のまわりの柵にできそうな木を集め、空いている時間にそれを削って板にしていった。

自分がいなくなったあと、彼がここで無事に過ごせるように。柵に使えそうな板を一枚一枚、丁寧に造っていく。

それと同時に、店の窯で使えるような薪を大量に用意する。もうすぐ秋だが、いずれ冬がやってくる。そのときの分に加え、春になってレヴァンがいなくなったあと、ニコが苦労をしないで済む分くらいは用意しておきたかった。

朝食の時間から昼食までの間、ニコがランチタイムの料理を用意する。

その時間にレヴァンは薪を割っていた。

「聞いたよ、あんた、ニコの旦那なんだって」

この近くで薔薇農園を経営しているペテルという男性がやってきて笑顔で話しかけてきた。かつてニコが働いていたという農園だ。

「ええ。その節はニコが世話になりました。おれからも礼を」

伴侶ではないが、伴侶のふりをして礼を伝えた。

「よかった、ひとりで子育てをして、とても苦労していたからね。モルダヴィアからの難民のなかでも特に大変そうだった」

「そうでしたか」

「元男娼のオメガってことで……色めがねで見るやつも多かったが、ちゃんと伴侶がいたんなら、今後はそういうやつも少なくなるな」

「よくそんなひどいうわさが……元男娼だなんて」

先日、のぞきをしていた少年たちもそんなことを言っていた。実際、モルダヴィアでシングルマザーになっているのは、男娼館で働いていたオメガだったが、ニコにかぎってそれはないだろう。どう見ても男娼だったようには見えない。

「違うのか？」

「……っ」

レヴァンの様子に、ペテルははっとして首を左右に振った。

「ああ、いや、知らないならそれでいい、あの子はとてもいい子だ。うん、本当にいい子だね。仲良くやっているなら、それに越したことはない」

ニコがレヴァンに過去を知らせていない、と思ったのか、ペテルはごまかすように笑った。

「いえ、把握しています、ニコのことなら……ただ誰がどのくらい彼のことを知っているのかわかっていなかったもので」

わざとそう言ってみた。ペテルの知っていることをひきだしたかったからだ。

「そうか、それならいい。余計なことを言ったかと心配したよ」

「いえ、大丈夫です」

「安心しな、ここでは一度もそんな商売をしてないよ。うちで働いたあと、このカフェを始めて地道に働いている」

「そうですか。ではどうしてあなたがそんなことを」

「身分証を見せてもらったからね、雇うときに。そのとき、一緒に雇った難民の一部から噂が漏れたのかもしれないな。知っているのは、ほかには役所の人間くらいじゃないか。難民の申請をするときに必要だからね」

身分証――この前、ニコが落としたものだ。あわてて隠すように片づけていた。

――あれにニコの経歴が書かれているのか。

見なかった。知りたいという気持ちと、ニコが隠したがっているのなら、あえて知ろうとしないほうがいいという気持ちがせめぎあう。

もしそういう商売をしていたとしても、ニコにはニコの事情があったのだろう。生きていくため？　親の借金のせい？

この前、ミカリスの父親は誰かと尋ねたとき、ニコは大粒の涙を流していた。

『お願い……なにも……聞かないで』

あのときのニコの涙、哀願。心が引き裂かれそうな気がした。

——ではミカリスは客との子供か。

あの様子から察すると、家庭の事情かなにか仕方のない理由があって男娼館で働いていたが、客と真剣に愛しあって、ミカリスを妊娠してしまったのだろう。

シングルのオメガは、愛などなくても、伴侶の契約を結んで子供を作るビジネスをしているものがほとんどだ。

だがニコはそうではないとはっきりと宣言した。もう一度、そんなことを言ったらレヴァンを殺すとも言った。

きっと愛しあった相手の子供だ。ふとしたとき、とても淋しそうにしている。ニコはおそらくどうしようもない事情もあり、しかたなく男娼館で働いていたのだ。そして客と相思相愛になり、妊娠したのだろう。

けれど故国は内戦中だ。男娼館のあったあたりは激戦地だった。

相手と行き別れたかなにかで、ニコはひっそりとミカリスを出産したあと、安全に暮らすためにこの国にやってきたということだろう。

ふとしたときに見せる警戒心は、その逃亡生活の名残だと思う。

一方で、自分がアルファをひきつけるわけがない、襲われたりしないと思いこんでいる無防備さは、きっと誰かと「伴侶の契約」を結んでいるからに違いない。

オメガ特有のフェロモンも彼からは感じない。発情期があるようにも見えない。

男娼館のオメガは、アルファを性的に満足させるため、フェロモン誘発剤を摂取していたようだが、そうした匂いも彼からは漂ってこない。

——むしろ彼からはオメガ的な空気をなにも感じない。無色透明な生き物……そんな印象だ。

レヴァンがニコに惹かれているのも、純粋に感情を刺激されているだけで、性的に誘引されているわけではない。

一体、何者なのだ、ニコは。

彼の過去を知りたい。彼のことをもっと知りたい。なにかも知りたい。

そう思いながらも、彼の流した涙の美しさを思いだし、レヴァンは自分の衝動を殺そうと決意していた。

「じゃあ、わしらがこんな話をしていたのはニコには内緒な」

そう言ってペテルが店に入っていったあと、次々と他の客たちも集まり始めた。

ランチの時間なので混《こ》んできたようだ。

「レヴァンさん、ランチタイムなので手伝ってください」

「ああ」

ランチはいつも同じものだ。とろとろのヨーグルトスープ、ムサカという挽き肉のグラタンと串焼きハンバーグ。それから、王冠型のふわふわの焼きたてのパンにサワークリーム。

店に入ると、いつもよりも濃厚な甘い香りがした。見れば、厨房《ちゅうぼう》に見慣れない菓子が並んでいた。

「これは？」

「新作です。ちょっと味見してくれませんか。お客さまへ食後のデザートにサービスしようと思って作ったんですが」

サクサクとしたパイ生地にカスタードクリームを挟んだものだった。なかには摘みたてのベリーと薔薇のジャムをはさんでいる。

「これが甘い香りの正体か」

「ええ、さあ、どうぞ」

まだ生地があたたかい。サクサクとした香ばしい生地を噛み締めると、とろりと濃厚なカスタードクリームが舌に落ちる。

カスタードの濃い甘さとその間からこぼれてくるジャムの酸味と薔薇の食感、バターの塩気を含んだ生地とが混ざりあって心地よく口内に溶けていく。

「うまい……」

食べた瞬間のふんわりとしたぬくもりがとても心地いい。蕩けそうなやわらかさ。こんな幸せな味をした菓子は初めてだ。

「最高においしい。これはすごい」

「本当に？」

「よかった、じゃあ、お客さまにサービスしても大丈夫ですね」

「サービス？　金をとれ。金貨数枚の価値はあるぞ」

「とんでもない、いいですよ、これはお礼なんで」

ニコが肩をすくめて笑う。

「お礼？」

「ええ、もうすぐ収穫祭が始まります。いつもお店にきてくださる方々と一緒に、たくさんの恵みへの感謝の気持ちを伝えたくて。もっともっと祝福がありますようにと」

そんなもの、きみの笑顔で十分だ、それだけで最高に幸せな気持ちになれるぞと伝えたかったが、ニコがそうしたいなら自分も従おうと思った。

彼には物欲というものがほとんどない。自分というものに対してこんなに執着がない人間はめったにいない。

――やっぱり彼は天使だ。いや、聖母か。ミカリスが天使。天使を抱く聖母だ。

過去がどうであれ、今、自分が見ている彼、見えているものを信じたい。そう思いながら、レヴァンはニコの作った料理を客たちに運び始めた。

「レヴァンさん、今日は全部で三十食しかないのですが、足りますか？」

「多分、足りない。人数を確認してくる、待っていてくれ」

店はそう大きくないのもあり、いつもランチタイムは外に行列ができてしまう。

食材にかぎりがあるので、売り切れにならないかどうか、外に出て人数の確認をするのもレヴァンの仕事だ。

「すみません、今日はここまでで」

案の定、何人もオーバーしていたので、レヴァンはニコから渡された新作のスイーツの入った袋を手渡した。これは人数よりも多めに作ったらしく、入れなかったひとたちにもサービスで渡して欲しいとたのまれていたのだ。

「ありがとう、わあ、ニコさんのスイーツだ」

「残念だけど、これだけでもうれしい。ニコさん、本当に天使だわ」

「わあああ、おいしい。なに、これ、天国の味だよ。明日の昼食は食べ損わないよう、もっともっと早くくるね」

女の子たちがスイーツを食べて幸せそうに帰路につく。

他の客たちもあきらめてスイーツだけ受けとって去っていった。すると一人、彼らと逆方向からやってきた旅装束の男性が近づき、レヴァンに手を伸ばしてきた。

「あなたもどうぞ」

すっぽりと頭からマントをかぶって顔を隠している男にスイーツをさしだすと、代わりに彼はレヴァンの袖口《そでぐち》に小さな紙を差し入れてきた。

「……っ」

はっとして見ると、マントの下に見知った顔があった。目を合わせ、彼はじっとこちらを見たあと、スイーツを受けとってくるりと背をむけた。

――今夜、湖のほとりの十字架の前……か。

故国にいたときの仲間の騎士だった。

秋も半ばになろうとしていた。陽が暮れると急速に冷えこむようになり、いつもの森がとても深くなってこれまでとは違った場所に感じられる。

その夜、そっと二階の部屋から外に出た。森に入り、小さな松明《たいまつ》を手に川辺にむかう。ここにきて一カ月半。目は治り、足も杖なしで歩けるようになっていたが、まだ戦争で役立つほど回復はしていない。

「レヴァンどの、ここです」

夜半過ぎ、男が待っていた。短髪の黒髪、黒い双眸の凛々しい風情の、昼間、店にやってきた旅装束の男だ。名はスピロ。レヴァンよりも地位は下にあたる。牢獄に捕らえられていたとき、王弟ジーマ派の騎士ばかり集められた獄舎で知りあい、共に平和のため命をかける覚悟で脱獄したのだ。

あのとき、脱獄に成功した他の騎士たちとは、来年の春、イースターの最後の日に国境沿いの教会で落ちあうことになっていた。

雪解けとともに一気に内戦を再開させ、政権を奪還する予定になっている。それまでは正体が知られないよう気をつけて怪我の回復と人脈を広げるということになっていた。

それなのに、わざわざ訪ねてきたというのはどういうことだろう。

「レヴァンどのにどうしても尋ねたいことがあるからと。王弟殿下からの密書です」

「ジーマさまはご無事で?」

「はい、約束の教会近くのアジトで軍隊強化のため、尽力されています」

松明の火をたよりに書面を読むと、どうやら暗殺されたらしい王太子妃の子——王子の遺体が国境沿いの死体置き場で見つかったらしい。

「やはり……王子は暗殺されていたのか」

「はい、大変残念です」

暗殺されたらしいという話は耳にしたが、実際に遺体が見つかっていなかったので、万が一にでも生き延びているのではないかと期待していたが。

――せめて王子だけでも……と一ミリほどの希望を抱いていたが、ダメだったか。

王太子と約束したのに。王太子夫妻に子供ができたあと、ふたりにもしものことがあったら、自分が親代わりになると。

『親代わりになっても子供はわからないかもな、レヴァンは私と瓜《うり》ふたつだ。いっそ私になにかあったときは、私を演じて即位してくれればこれほど心強いことはない』

『そんな心配はご無用です。もしものときはおれがあなたの代わりをつとめますから、あなたはしっかり国王としてモルダヴィアを統治してください』

代わりというのは親代わりではなく、彼の影武者として、有事には身代わりになって死ぬ覚悟ができているという意味だ。

国王と王太子夫妻以外は誰も知らないことだが、王太子とレヴァンは双子だ。

誕生したとき、宮廷占い師が双子は禍の種になると宣言したのもあり、国王は仕方なく愛人のオメガにレヴァンを託し、殺害するよう命じたらしい。

だがそのオメガは国王には暗殺したと嘘をつき、レヴァンをアルファの施設に売って大金を手に入れ、どこかに消えてしまった。

レヴァンは自身の出生の秘密を知らないまま、王太子に仕えていたが、あまりにも風貌が似ていると周りに騒がれ、あるとき、国王が秘密裏に血液検査をし、双子だということがわかったのだ。

国王は予想外のことに驚きながらも喜んでいた。国の決まりとはいえ、後悔でずっと心が休まらなかったとレヴァンに詫び、そんな父の懊悩を知っていた、王太子も笑顔で抱きしめてくれた。だが、国王からそのことを隠すようにと言われた。

『このことは絶対に言うな。私とそなた、それから王太子夫妻だけの秘密だ。貴族たちには愛人だったオメガの子で、最近、身の上がわかったので公爵として迎え入れると説明する。王太子の双子だというのは、生涯、隠して欲しい。モルダヴィアの国民は迷信深い。双子だとわかるとそなたは殺されてしまう』

王太子付きの騎士団長に任命されるとき、貴族たちには愛人の子として紹介され、公爵の地位を与えられた。

それから一年もしないうちにクーデターが起きてしまった。いざというときは、影武者として自分が命を投げだす覚悟もできていたのに、その前に王太子が国王夫妻と一緒に暗殺されてしまうとは。

さらに王子も殺されてしまっていた——。

「王子、暗殺の証拠はあるのか？」

「犯人のひとりを捕虜にし、白状させたとかで」

その実行犯をジーマが捕え、尋問したところ、ジーマのしわざに見せるため、彼の名を刻んだ指輪を置いておいたとか。

だが、そこにあったのは同じような、しかし名前の刻まれていない指輪しかなかった。

「誰かが指輪を？」

「そのようです。あの修道院の裏には、かなり大規模な男娼館がありましたが……犯人はそこの男娼でしょう。流行していた疫病の死体だとわかっていながらも、感染することの意味や恐ろしさを知らず、遺体から宝飾品や金品を盗むオメガもいたらしく、王冠も行方不明だとか」

　愚かなことを……。王太子妃や多くの貴族と結婚したオメガと違い、ああいうところにいるオメガの多くは、きちんとした教育を受けていない。文字も読めず、無学なものばかりだ。

「それもあって、男娼館は疫病が蔓延して壊滅状態。生き残ったオメガは数人。しかも何人かは逃亡しています」

「それは残念だ。で、指輪と王冠は？」

　スピロは首を左右に振った。

「見つからないのです。悪用されては困るとジーマさまが躍起になってさがされていて。なのであなたにもその指輪と王冠をさがす協力をしてほしいと」

「おれにも？」

「くわしいことはまだ不明ですが、今、あなたが暮らしているオメガもその男娼館出身の可能性もあります。逃亡したオメガのひとりに、魔性のオメガというあだ名の、強欲で性悪の男娼もまぎれているらしく」

「……魔性の？」

「彼の持ち物のなかにそうしたものはありませんか？」

　突然の問いかけに、すぐに意味がわからなかったが、数秒してレヴァンは苦笑した。

「彼は物欲などほとんどない。死体から盗みなど働くような人間ではない。男娼だったかもしれないが、今はつつましく子育てをして暮らしている」

ありえない。ニコが魔性のオメガと呼ばれていた男娼で、さらには窃盗をしていたなど。

「彼の素性も調べてもらえませんか。ジーマさまによると国家の存亡に関わる大事らしいのです」

「たしかめることはたしかめるが、調べるまでもなく彼はシロだ」

「レヴァンどのがそう確信されているのならそのように伝えてはおきます。ですが、確認だけでもよろしくお願いします。引き続き、私が伝令をつとめますので。足の怪我の回復をお待ちしています」

「わかった。春には援軍に加わる旨を」

スピロが去るのを確認したあと、レヴァンは抜けだしたことで不審に思われないよう、薪になりそうな木を少しだけ拾って帰路につこうとした。

――ニコが性悪の男娼だと？　しかも魔性のオメガだなんてよくもそんなまちがいを。

あれほど清らかで、あれほど美しい人間に対してよくもそんなことを。

男娼だったとしても、なにかどうしようもない理由があったはずだ。強欲でも性悪でもない。今の質素で、無欲な暮らしを見ていたら一目瞭然《いちもくりようぜん》ではないか。

次回、連絡があったとき、改めてジーマに伝えよう。書面を用意して。

そう思って帰路につこうとしたとき、森の奥から悲鳴が聞こえた。

ニコの声だ。と同時にカサカサカサカサと不気味になにかがこすれあう音が聞こえた。

――野性の狼か？　それとも。

闇のむこうにきらりと光る金色の双眸。

草むらの奥に岩場があり、そこからヌッと飛び出してくる生き物がいた。一メートル以上もある巨大で、極太の蛇だった。これまで見たこともない大きさにゾッとした。

「これは……」

夜行性のクサリヘビだ。毒を持っている。咬《か》まれたら高熱を出し、患部が壊死してしまうタイプのものだ。

まさかニコが。月明かりが照らすなか、とぐろを巻いた胴体には小さな動物の死骸《しがい》が包まれているのがわかった。レヴァンに気づき、シャーっと声をあげて飛びかかってくる。

「……っ」

レヴァンは持っていた薪をその場に投げ、とっさに腰の剣を抜き、真っ二つに切った。一瞬で蛇がこときれたのを確認し、あたりを見まわすとニコが岩場の下に倒れていた。

「……ニコ……！」

血の気がひいていく。まさか咬まれたのでは――――。

視界が真っ暗になり、戦争や拷問で負傷したときよりも強い痛みがレヴァンの全身を貫く。もしもニコになにかあったら。

「咬まれたのか」

「ん……く……っ」

レヴァンはニコの背に腕をまわし、彼を抱きあげた。

「いえ……大丈夫です……突然のヘビに驚いて、足を滑らせただけで」

咬まれていない。その言葉がゆっくりと脳まで到達し、ようやくホッとした。

ああ、神よ。

「よかった……」

レヴァンは息をつき、腕のなかのニコを強く抱きしめた。

「それにしても、どうしてこんなところに」

「すみません……レヴァンさんが森に行くのが見えたので、ぼくも木を運ぶのを……お手伝いをしようかと思ったんですが」

「そんな……おれのことなんていいのに。ミカリスは？」

「家で眠っています」

「とにかく無事でよかった。さあ、帰ろう」

彼を抱きあげようとしたが、ひざの力が抜けて、レヴァンは立ちあがることができなかった。そもそも足が悪くて力が入りにくいのを忘れていた。

「大丈夫ですか」

彼を抱いて歩くつもりが、自分が歩けなくなってしまった。もしもニコが蛇に咬まれていたらと思ったときの恐怖が身体から抜けないのだ。

本当に心臓が凍りつきそうになった。これまで哀しみも淋しさも愛しさも楽しさもよくわからない人間だった。この国に来てニコに会うまでこんなふうに感情が刺激されるようなことはなかった。だからこそ騎士という職業に適応している、王太子の影武者になってもいいと思うくらい、「生」そのものに執着すらなかったのだ。

かろうじて喜びを感じることがあるとすれば職務を遂行したとき。

怒りがあるとすれば合戦に敗れたとき。

だが、それはすべて自分の意志によるものではない。

与えられたものに対する感情だ。けれど今は違う。ニコによって一喜一憂している。

「すまない、行こうか」

さっき落とした薪を拾おうとしても手に力が入らない。

どうしたのか。なぜか手が震えている。

「大丈夫ですか？」

レヴァンが落とした薪を片方の腕にかかえ、ニコが立ちあがって手を伸ばしてくる。

「あ、ああ、少し落ち着いた。騎士なのに、蛇ごときで膝に力が入らなくなるとは情けないな」

レヴァンはニコの手をとって立ちあがった。

「おれが持とう」

「大丈夫です、ぼくが」

手ばやく紐《ひも》で結わえてニコは肩にかつごうとする。

「いや、おれが」

ニコに薪を持たせるわけにはいかない。とっさにニコからそれを奪って自分が背負う。こんな重いものを持たせようとしたなんて、自分は何て情けない。

「すまない、もう大丈夫だ、こんなことは初めてなんだ」

言いわけをしている自分が惨めだ。王太子付きの最強の騎士といわれた自分が、力も入らず、荷物も持てなくなるなんて。

「仕方ないですよ、レヴァンさん、まだ怪我が回復してないのですよね？」

「それもあるが……きみが咬まれたんじゃないかと思うと生きた心地がしなくて」

「ぼくが？」

「ああ、きみが無事だと知ったら力が抜けてしまった」

「……」

ニコが驚いた様子で言葉を失っている。

「おかしいか？」

「い、いえ」

ぶるぶるとニコが首を左右に振る。

「本当に？」

「ええ、その気持ち……わかる気がするから」

ニコは森の入り口に向かって歩きながら言った。レヴァンよりもずっと森に慣れているようだ。

「ぼくも……ミカリスになにかあったら多分そんな感じになります」

やがて店にもどると、ニコは隣にある自分とミカリスの寝室をのぞいた。すやすやと寝息を立てて
ミカリスが眠っている。

「ローズワイン……一緒に飲みましょう」

ニコは二人分のローズワインを用意してくれた。

「蛇から助けてくれてありがとうございます」

「いや、おれが勝手に動転しただけだ」

「レヴァンさん、あなたを抱きしめてもいいですか？」

「え……」

　訊きかえすと、少し遠慮がちにニコが言葉を続けた。

「うれしくて……そんなふうに心配してくれるひとがいることが初めてで……とてもうれしいと思ったら、あなたを抱きしめたくなったんです」

「いい……のか？」

　ふり向くと、ニコの甘い琥珀色の眸が暗い店内で煌めいていた。ほんのりとほおが赤くなっている。彼自身、少し照れているようだ。

「ありがとうございます、心配してくれて」

　ニコのほっそりとした腕が後ろからレヴァンを抱きしめる。ベンチに座っているレヴァンを彼が聖母のように優しく包みこんでくれていた。

「おれこそ……ありがとう」

　薔薇の香りがするニコの指先。その細い指がレヴァンの髪を撫でてくれる。

鼓動がとくとくと脈打つ。心地がいい。どうにも抑えられないものが身体の奥からこみあげてくる。

これは欲望なのだろうか、彼が欲しいという。

　――ニコが欲しい……どうしようもなく愛しい。

　彼からはオメガのフェロモンらしきものはなにも感じないのに。性的に刺激するものをなにも漂わせていないのに。

　それなのに彼が欲しくてたまらないのはどうしてなのか。

「きみは……さっき……ミカリスになにかあったらおれのようになってしまうと言ったが、本当に彼のことを愛しているのだな」

「ええ」

耳に溶けてくるニコの声が愛おしい。

「あの子はぼくの光、ぼくのすべて……ぼくの生きている証のようなものなんです」

親にとって子供とはそんなものなのか。レヴァンにはわからないし、自分がニコからそのように愛されたいわけではないし、すべてというわけでも生きている証というわけでもない。

ただわかるのは……。

――おれにとっては、ニコが光だ……。

ぬくもりではなく、もっと違うものが欲しい。彼のすべてが欲しい。

焦げつきそうな情動が湧いてくる。本能のまま、この男を抱きたいという気持ち。貪りたい。欲しい。すべてを。そして、あとは……。

5　ニコの初恋

「レヴァンさん、あなたを抱きしめてもいいですか」

どうしてあんなことを言ったのだろう。

多分、ローズワインに少し酔ったせいもあるけれど。

ニコは、その夜、鼓動が高鳴ってなかなか眠れず、ずっとミカリスのベッドの横で彼の頭を撫でていた。

——うれしかったのだ。あんなふうにぼくのことを心配してくれるひとなんて初めてだから。

ニコが毒蛇に咬まれたと思っただけで前後不覚になっていた。

「……っ」

じんわりと眸に涙が溜まってくる。

まだ胸や腕に残るレヴァンのぬくもり。壊れもののように小さくてもろそうなミカリスと違って、レヴァンは力強く抱きしめても壊れはしないだろう。

けれどその心は、もろくて儚くて、ちゃんと抱きしめていないとほろほろと崩れてしまうお菓子のスノーボールのように壊れてしまいそうな気がして愛しかった。

「ミカリス……誰かに大切に思われるって……どんなお菓子よりも甘くて、どんなスープよりも優しくあたためてくれるんだね」

話しかけると、ミカリスが「だあ、だあ」と幸せそうに笑ってくれる。そのほおにキスをすると、小さな手でこちらをペタペタと触ってくる。

——そういえばミカリスも……いつもこんなふうに。

ニコがレヴァンを抱きしめたいと思った気持ちと同じなのかもしれない。ミカリスはいつもこうしてペタペタと手のひらでニコに触れてくる。

「ひとを想う気持ちって素敵だね」

毎日、少しずつレヴァンに惹かれている。愛しく感じている。

秋も深まったころ、森に果実狩りとキノコ刈りに行くことにした。

ヒメリンゴ、洋梨、グーズベリー、スグリ、ブラックカレント、それからキノコ類を集めて冬に備えるのだ。

「レヴァンさん、店を休みにして果物狩りに行こうかと思いますが」

ピクニックがてら一緒に行きたいと思っているのだが、この前のこともあるので足がどうなのか気になっていた。

「足は平気だ。ぜひ一緒に」

多少、足をひきずりながらも、レヴァンはニコよりもずっと力仕事ができる。薪割り、家の周りの柵造り、井戸からの水運び、浴室の掃除、それから窓を直したり、床や天井を修復したり……ニコよりもずっと簡単に、しかも短時間にやってくれるのでとても助かっていた。

それだけではなく庭の薔薇の木の手入れ、葡萄や野菜作りも手伝ってくれる。料理用ペチカの前で薔薇や果実を煮詰める仕事も。

おかげでニコはカフェと育児に専念できて助かる。

「馬車はこれでいいか？」

「ありがとうございます、この広さならミカリスを寝かせることも可能ですね」

前日に街で荷馬車を借り、レヴァンはそこに籠や樽《たる》を積み、荷馬車の準備をしている間に、ニコは翌日のお弁当を作ることにした。

カリカリに焼いたパンにハムとトマトとヨーグルトポテトサラダ、それからチーズとレタスを挟むのだ。噛み締めたとき、ヨーグルトソースの酸味とチーズの旨味《うまみ》がじゅわっと口のなかに広がって、もちもちしたパンの食感もあわさってとっても幸せな気持ちになる。

それからニコの得意なくるくるクレープ。こちらはその場で取れた果実をそのまま包もう。ヨーグルトは瓶に詰めて冷たい井戸水で冷やしておく。

飲み物はこのあたりで採れる葡萄を基にした赤ワインを用意した。少し渋みがあるのだけど、とてもコクがあっておいしい。

「楽しみだな、みんなで遠出するなんて」

「はい」

翌朝早く起き、荷馬車に乗って三人で咽《む》せるような緑の香りにあふれた森の奥に行った。

「最初にキノコを集めてください。あっ、それは毒キノコですよ」

「それは食べられますが、死ぬほどまずいです」

「これは?」

「こっちは?」

「それも毒キノコです」

「おれは……どうもまともなキノコが探せないようだな」

「これです、これを集めてください」

そんなやりとりをしながら二人で大量のキノコを採ったあと、今度は果実をいっぱい集めることにした。

この季節は野葡萄がたくさん採れる。それから梨にリンゴ、イチジクも。

森を抜けると、淡いピンク色のコスモスが群生している草原があり、そのむこうに小さな湖が広がっている。頭上からきらきらと光が降ってきてとても心地いい。

「パパちゃ、ぱあぱちゃ、ぱあぱちゃ」

店の客たちがレヴァンをパパだと思っているので、パパさん、パパさんと呼ぶせいか、ミカリスも彼をパパちゃと呼ぶようになってしまった。

「おれがパパちゃで、母親のきみがニコきゅん……変な感じがする。自分で宣言しておきながらこそばゆい感じだ」

綺麗な湖の前にシートを敷き、そこに昼食用のバスケットを置いていると、レヴァンが苦笑いしながらつぶやいた。

「だが、悪くないな。家族なんて持ったことがなかったおれが、いきなり父親だなんて」

ミカリスをシートに横たわらせ、レヴァンが慣れた手つきでおむつを交換する。そして彼がミカリスにミルクを飲ませたあと、ニコのランチの支度も終わる。

これが本当の家族の姿だったら——そんな思いがニコの胸に広がっていく。

すやすやと眠るミカリスを膝に乗せたまま、レヴァンはニコからハムとチーズとヨーグルトソースとトマトのサンドイッチを受けとった。

「おいしい」

「よかった。こちらもどうぞ」

採れたばかりのブルーベリーとブラックカラントをクレープに包み、ニコはそれをのせた皿を彼の前に差し出した。

大きなカゴいっぱいの果実、それから小さなカゴいっぱいのキノコ。そして袋からあふれそうなほどの薔薇の花。

いつのまに薔薇の髪飾りを作ったのか、レヴァンがニコにカチューシャのようにかけてくれ、えっと顔をあげると、レヴァンが手柄を立てたかのように満足そうに笑った。

「うん、最高にかわいい。絶対に、きみが薔薇の精に選ばれるよ」

「え……?」

「昨日、ペテルさんが投票用紙を集めていたので、今年の薔薇の精、おれは、きみに一票、投票しておいたから」

「薔薇の精? ああ、そういえば、なにか募集していましたね」

秋の収穫祭のとき、街を代表する美人がその年の「薔薇の精」に選ばれ、祭の間中、主役になるらしい。

「レヴァンさん、薔薇の精は未婚が対象ですよ」

ニコは笑いながら言った。主催者から教会前の広場に、ニコの店もクレープの屋台を出して参加して欲しいとたのまれたので、ひきうけることにしたが、「薔薇の精」のことは考えもしなかった。

「きみもまだ未婚じゃないか」

「そうですけど、それに薔薇の似合う美人でないと」

「だからきみにした。こんなに似合うんだ、本物の妖精《ようせい》のようだ」

目を細めて微笑するレヴァンの褒め言葉が恥ずかしくてほおが熱くなる。似合うと言われても自分ではどうなっているのかわからない。瑞々《みずみず》しい摘みたての薔薇の香りが髪から漂ってきて幸せな気持ちにはなるけれど。

「おおげさですよ、お世辞だとわかっていてもびっくりします」

「本当のことだ。素直にそうだと思えばいい」

「わかりました、ありがとうございます」

照れてしまう。選ばれないのはわかっているけれど、わざわざ一票入れ、薔薇の冠まで作ってくれたレヴァンの気持ちがうれしくてニコは素直に喜ぶことにした。

「大事にしますね、これ」

薔薇の冠に指先で触れ、にこやかに微笑したニコの頭上から秋の優しい太陽が降りそそぐ。

湖のむこうの山にはうっすら雪が積もり始め、透明度の高い湖が鏡のようにまわりの風景を映している。

「さて、次のパンを食べようか。いつもランチは別々だから、こんなふうにきみと食事ができてとても楽しいよ」

レヴァンはミカリスをひざに置いてあやしながら、次のサンドイッチに手を伸ばした。

そういえばそうだ、ランチの時間は一日で一番忙しいから、こんなふうに一緒にご飯を食べるなんてことはなかった。

「あ、ほっぺたにヨーグルトが」

ニコはレヴァンのほおに手を伸ばしてそっと指先で拭《ぬぐ》う。その様子を見て、ミカリスがにこにこと笑っている。

「ニコきゅ、パパちゃ、ニコきゅ……パパちゃ……ちゅき……ちゅき……だいちゅき……」

ああ、何て可愛いのだろう。本物の天使のようだ。ミカリスを間にして、二人して目を合わせて微笑する。

「ちゅきか……いい言葉だな」

「ええ、大好きという言葉をおぼえたんです。ぼくがいつもミカリスのことを大好き大好きと言っているから」

「大好きなのは……ミカリスだけ？」

じっと目を見つめられ、ニコは口元から笑みを消した。

あなたも大好きですよ、と簡単に笑顔で告げるよりも、もっともっと深い想いがニコのなかに芽生えていたからだ。

恋でもあり愛でもある気持ち。自分の胸の内側を埋めているミカリスへの想いとはかなり違ったものでありながらも、同じくらい愛しいと思っている。

視線を落としたニコの肩にレヴァンが手を伸ばしてくる。

「訊かないでくれと言われて、まだ訊いてしまうおれを許して欲しい。だが、どうしても教えてもらいたい。ミカリスの本当の父親のことは……もういいのか？」

「……もういいっていうのは？」

ニコは顔をあげた。

「知りたいのは、きみの気持ちだ。どんな人間だったか、性格や容姿や仕事……そんなことはどうでもいい。なにも言わなくてもいい。ただおれが知りたいのは、きみがその相手を、今、どう思っているか、それだけだ」

「……」

「きみがその男をまだ愛しているかどうか……それが知りたい」

「愛して？」

「好きになった相手との子なんだろう？　でなければ、こんなに献身的に育てられない」

そういうことか。彼にはそう見えるのだ。嘘に嘘を重ねることはしたくない。だからこれだけははっきりさせておこう。

「ぼくが愛しているのは……ミカリスだけです」

「では相手の男は？」

ニコは首を左右に振った。

「もう会うことはないのか？」

今度はうなずく。

「それなら、おれが本当の父親になっても問題はないわけだな」

「……っ」

ニコは驚いて顔を上げた。

「この前、近所の少年たちに、おれがきみの伴侶だと言った。そしてミカリスはおれとの子供だと。今、近所のひとたちは全員そう思っている」

「ええ、おかげで助かっています」

興味本位で近づいてくる者もいる。そういう点では、レヴァンがとっさに伴侶だと言ってくれてよかったのだ。

「少年たちには、きみのことを好きになっていいのはおれだけだとも伝えた」

「そこまで？」

「本心だ。きみが好きだから」

「レヴァンさん……」

ニコは眸を震わせた。

「ふりだけではなく、本当の伴侶になって欲しい」

「……そんな」

「ひとりのアルファと、ひとりのオメガとして夫婦に」

その言葉に泣きたくなった。

どうしよう。ぼくは違うんです。オメガではないんです。あなたの伴侶にはなれないんです。言えない。そのことはどうしても。

「……無理です」

声を絞るようにしてニコは言った。

「おれが嫌いだから？」

「いえ……」

「おれが犯罪者だから？」

「いえ、違う……あなたはいいひと……とてもいいひと」

こんなにいいひと、他に知らない。毎日そう思っている。そしてどんどん惹かれ、今ではミカリスと同じくらい。

「この前、おれを抱きしめてくれたのは？」

「……ごめんなさい」

あなたがたまらなく愛しく思えたからと言えたら。でも自分はベータだ。アルファの伴侶になることなんてできない。

「いけません……あなたは春がきたら出ていくと」

ニコは切れ切れに言った。

「平和のため……そのために生きていると言ったのに……ぼくを伴侶なんて……無責任です……」

ごめんなさい、あなたを責めるような言い方をして。でも彼を責めることで遠ざけたかった。本当は自分も好きだと言えない。

自分が本物のオメガならひとときの関係でもいい、彼と伴侶になりたい。だけど自分はベータだ。オメガではないので彼と伴侶にはなれない。愛しているからこそ、彼をだまして伴侶になるなんてことは許されない。自分で自分を殺したくなるだろう。

「では、きみはおれがいなくなるから伴侶にはなれないと言うのか？」

「そうです。一人ぼっちにはなりたくないから」

そういうことにさせてください。だから結ばれてはいけないのだと思ってください。

「そうだな、伴侶にして、きみにおれの子供ができてしまったら、二人の子をシングルで育てることになる……ということか」

「そうです、だから無理です。できないんです」

ごめんなさい、ごめんなさい、ごめんなさい、ごめんなさい。こんな嘘をついてごめんなさい。あなたのせいにして申しわけない、と思いながらも、他にどう言えばいいのか答えが見つからない。

「では、国でクーデターに成功し、無事に生きて帰ってきたら、そのときこそおれの伴侶になってくれるか？」

「無理です……そんな先のこと……。平和な社会になったら、ぼくなんか忘れて、どうかご自分にふさわしい相手をさがしてください」

「舞踏会に参加して？」

「え……」

「それも悪くないな。平和になったら、それぞれ舞踏会に出てやり直すのも。どんなに歳月が流れても、もちろん、おれはまちがいなくきみを一晩中ダンスに誘うと思うが」

唐突な言葉にニコは小首をかしげた。

「舞踏会に参加って」

意味がわからない。彼はなにを言いたいのか。

「内戦が始まってからはもう開催されなくなってしまったが。代わりにここでダンスをするか？」

「え……ここで？」

思わずきょとんとしてしまった。

知らない、何なんだろう、ダンスって？　舞踏会？　どうしよう、意味がわからない。オメガはダンスが踊れないといけないのだろうか。

「あの……ぼくは……ダンスなんて知らなくて」

「本当に？」

「オメガは舞踏会に参加するものなんですか？」

「伴侶をさがすため、月に一度、アルファとオメガの舞踏会が王城でひらかれていたじゃないか。きみは参加したことはないのか？」

そうなのか、知らなかった。

「え、ええ、ぼくは」

うつむき、ニコは視線をずらした。だめだ、オメガのふりをしても、こういうとき、すぐにボロが出てしまいそうになる。男娼館のオメガを何人も看取ってきた。彼らの外見と自分とにそんな大きな違いはなかったので、オメガのふりをしても大丈夫だと思っていたが。

「……参加したことがないのか」

なにか気づかれたのだろうか。ミカリスとの父親とそこで会ったのでないのなら、どこで……と訊かれないか不安でドキドキしていたが、彼はそれ以上はなにも尋ねてこなかった。

「おれもだ。警護をしていたことはあるが、客人として参加したことはない。一度くらいしておけばよかった」

「……伴侶……欲しかったのですか？」

「いや、そういうわけではないが」

グラスにワインを注ぎ、レヴァンが差し出してくる。ニコはその赤紫色のワイングラスを手にとり、そっと中身を口にした。

「なら忘れたほうがいいですよ。過去のことなんて」

から。

ベータだったころの自分はいない。今はミカリスを育てるために新たにここでやり直しているのだ

「ぼくは未来しか見ません」

「……ニコ」

――ううん、それだけではない。男娼のニコルイとしての過去も。

「未来しか欲しくないんです」

ワインの酔いのせいか、そんなことを口にしていた。アルコールというのは思ったよりも心を解放するものだと知った。普段ならこんなことは言わないのに。

「ミカリスとの未来以外……」

「ミカリスのためだけに生きているのか？」

「はい」

ニコは迷いなくうなずいた。

レヴァンは眠っているミカリスをゆりかごに乗せ、そっと毛布をかけた。ニコはそのほおに手を伸ばし、ひとりごとのようにつぶやいた。

「ミカリスに出会うまでわからなかったんです、自分でも。どう生きたいのか、自分がどうしたいのか。ずっとさまよっていました。ううん、さまよっていることすら気づいていなかった。でもこの子の笑顔を見たとき、自分の心がとても飢えて、渇いていたことを自覚して……」

本当に何を口にしているのだろう。普段はこんなこと誰にも話さないのに。

舞踏会もダンスのことも知らない事実を隠したかったせいか、うそをついている罪悪感か、それと

も本当のオメガだと自分自身で思いこみたいと願っているせいか。

「おれも飢えている。だから夢を見るんだ。城の大広間で伴侶さがしの晩餐会《ばんさんかい》がひらかれていた時代のことを」

「夢？」

レヴァンが「ああ」とうなずく。

「平和だった時代の夢だ。王太子夫妻を中心に、誰もが笑顔で踊っていた。光があふれ、夢のように輝いていたあの輪のなかにもどりたい、と思うときがある。あのころは、それがどれほど素晴らしいことなのか考えもせず、当たり前のように眺めていたが」

そうか。このひとにとっては、舞踏会は平和の象徴なのか。

王がいて、王妃がいて王太子がいて、王太子妃が存在した時代。

ニコの知らない世界。そこでレヴァンは幸せに過ごしていたのだ。王太子夫妻に誠実に仕え、仕事に誇りを持ち、まっすぐ前をむいて生きていたのだ。

「王太子はアルファで、王太子妃はオメガだった。王城の舞踏会には美しいオメガがたくさん参加していたが、王太子妃は特に美しかった」

そのときのことをおだやかな表情で語っているレヴァンの横顔を見ていると、なぜかさみしさを感じた。

アルファとオメガのための舞踏会――――。

当たり前のことだけど、その輪のなかにニコが入ることは絶対にない。ベータにはまったく無縁のものだ。そんな舞踏会があることも知らなかった。

決して入ることができない輪。その疎外感。以前も似たような経験がある。

あれはいつのことだったか。ずっと忘れていた幼い日をふと思いだす。

父が亡くなり、母が亡くなったあと、修道院で祖父母の迎えを待っていたときだ。

ニコにとっては唯一の肉親ということで、彼らのところにひきとられることが決まっていたのだ。

だが約束の日、祖父母が修道院にくることはなかった。

父の指輪だけを遺品としてうけとり、代わりに、金貨の入った袋が届いた。

ニコをひきとる気はない、その金でそちらで面倒をみてくれ……という内容だったようだ。

修道院長からその説明を聞きながら、ふと教会の窓にむけると、ちょうど家族連れが笑顔で歩いている姿が見えた。

祖父母、両親、大勢の子供たちが連れだっている光景。

そのとき、ニコは世界から自分だけがとり残されたような淋しさを感じた。

祖父母のところに行きたかったのではない。母を傷つけた祖父母に対し、怒りや憎しみがなかったわけではない。むかえにきたら「行かない」と拒絶してもいいし、彼らの家に行ったあと、祖父母とは思っていない、愛せないと宣言しようなどと考えていた。

けれど拒絶する前に、むこうから拒絶された。愛せないと言う前に、愛せないと宣告されてしまったのだ。

あのときの救いようのない絶望的な孤独感。今、ふとそのことを思いだした。

「舞踏会……か。貴族たちは優雅に過ごしていたんですね」

棘《とげ》のある言い方をしていると自覚しながら、ニコはワインを喉に流しこんだ。

「そうだな。おれは王太子の警護をしていたので踊ったことは一度もないが。だけど、夢のなかでは踊っているんだ、きみと」

きみと――――という言葉が絶望の刃となって胸に突きささり、ニコはグラスをひざの上に落としていた。

幸いにも少ししか残っていなかったので、ちょっとエプロンが濡れただけだった。しかも黒い生地なので目立たない。

「平和な世の中になったら、またそんな華やかなこともあるんでしょうか」

グラスをつかみ直したニコに、レヴァンがワインをそそぐ。

「そうだな。あったとしても、生涯、参加することはないだろうけど」

「どうして。さっきは参加したいと言ったのに」

「ああ、さっきは。だが、もう今は平和な時代になっても、出会いが欲しいとは思わないから」

「なぜ」

「きみがいるじゃないか」

「……っ」

「きみにとっての光……おれにとっては……きみだ」

「……？」

「言っただろう、きみはミカリスを光だと。おれにとってはきみが光なんだ」

「レヴァンさん……」

「きみに会うまで復讐《ふくしゅう》だけに生きていた。でもきみと出会って安らぎを感じ、未来が欲しいと思うようになった。それまでは平和のためにと言いながらも、実際はガロンスキーを倒せばそれでいいと復讐で頭がいっぱいだった。むしろそれができれば死んでもいい、その先の人生はどうでもいいとも思っていた。だが今は違う」

レヴァンが微笑し、ニコのほおに手を伸ばしてきた。

「きみが教えてくれた。未来にむかって生きる大切さを」

「ぼくが？」

「王太子夫妻に忠実に仕えていたものの、あくまで職務であり、おれ自身の意志で選んだ人生ではなかった。素敵な夫妻だったので、好意は抱いていたが」

そんな素敵な夫妻が国王になっていたら、あんなに国土が荒廃することはなかったかもしれない。疫病も流行しなかったかもしれないと思うと切なくなる。

「だが、おれ自身はずっと生きる意味も役割もなく、ただ『生きている』だけの存在だった。内戦中もそうだった。けれどきみと会って、変わった。ただ『生きる』ということをもっと深く掘り下げられるのではないかと思うようになった」

「深くって？」

「ひととして豊かに、愛や幸せを感じて生きたいと」

その言葉に胸が熱くなり、ニコはじっと彼を見あげた。

「きみと一緒に「生」を掘り下げたい。つまり……きみと生きたい」

真っ直ぐな目で見つめられ、胸が甘く狂おしく疼《うず》く。発情期などないのに、熱を帯びたようにほおが熱い。

「……」

ぼくもそうです、あなたと生きたいと言いたかったが、ニコは言葉を呑んだ。

いけない、ぼくはベータだ、アルファと一緒には生きられない。どんどん惹かれてしまうけど……

これ以上はセーブしなければ。

「ひとりにしない、国にはもどらない。この国に難民申請し、国民となって、きみと暮らしていく。そうしたら、きみはミカリスを手放さなくてもいい。家族三人で幸せになりたい」

そんな……。

ああ、ぼくがオメガだったら、迷うことなくその胸に飛びこんだだろう。疎外感、孤独から救われる。だけど。

「ごめんなさい……」

ニコはうつむいた。眸からポロリと涙が落ちていく。

ごめんなさいなんて口にしたくない。大好きです、うれしいですと言いたい。

「すまない、おれのひとりよがりだな、きみの気持ちを無視して」

ニコのほおから彼の手が離れる。切なそうな彼の顔を見ていると眸にさらに涙がたまっていく。彼を突き刺したナイフで自分の内側も突き刺したような痛みが胸を襲う。

傷つけた。自分の嘘のせいで彼を傷つけたのだ。そう思うと胸が痛くなり、ニコはとっさに彼の手をつかみ、そのほおにキスをしていた。

「……っ」

驚いたようにレヴァンがこちらを見つめる。

「ごめ……あの……ぼく……ぼく……」

「それがきみの気持ちか？」

そう……と答える代わりに、ニコは小さくうなずいた。

「ニコ……」

「好き……あなたが……だけど……ごめんなさい」

そのまま離れようとした。だが、彼の腕が肩を抱き寄せる。

「待て、もう一回言ってくれ」

唇を震わせ、ニコはじっとレヴァンを見つめた。

「好き……です」

そう口にしたと同時に、ふっとあたたかい息が唇に触れる。

「……」

ほんの一瞬の、触れるか触れないかの軽いくちづけだった。

かすかに皮膚を重ねた程度だ。その瞬間、熟した葡萄の、おそらく互いが口にしていたワインを思わせる甘い匂いに惑わされたようにニコは硬直してしまった。

多分こちらの鼓動の振動が伝わっている。どくどくと相手の鼓動をこちらが感じているように、彼にも伝わっているだろう。この振動……自分が彼にドキドキしている音。

「よかった、きみの気持ちが知れて。ありがとう」

ニコの手をつかみ、レヴァンが甲にキスをしてくる。

「結婚してくれるね？　神の前で愛を誓わせてくれ」

結婚……つまり伴侶になるということ。家族を持つということ。神の前でも、法律でも、そして物理的な肉体の問題においても、アルファとオメガには許されているが、アルファとベータには許されていない。

「それは……」

ニコはぎゅっと唇を嚙み、うつむいた。

「まだ昔の男が好きなのか？　なら二番目でもいい。心に秘めたものまで奪おうとは思わない。ああ、ミカリスがいるから三番目でもおれは十分に幸せだ」

「そうじゃないんです……そうじゃなくて」

涙まじりの声で訴え、大きく首を左右に振るニコのほおを手のひらで包み、レヴァンが心配そうに顔をのぞきこんできた。

「なら、どうして」

「それは……あの……では、教えてください。あなたは……王太子さまの騎士だったけど、今はジーマさまに仕えているんですよね？」

「そうだ、ジーマさまは……おれの父方の血縁でもある。だから彼を支持している」

「……っ」

ダメだ、やっぱり言えない。彼は公爵なのだ、王族の血縁。そしてジーマさまとも親戚《しんせき》に当たるのだ。もしかするとミカリスの命を狙うかもしれない。

「……今は言えない……結婚もできません。神の前でも誓えない……」

「本当はもう誰かと結婚しているから？」

「いえ……ぼくは誰とも結婚していません。誰の伴侶でもないです」

「それなら」

「待って、お願い……急がないで……ああ、どう説明していいか……ただ……いつか、いつか必ず言います。なにもかも……」

ミカリスの安全が保障されるときが来るかどうか。でもそれまでは言えない。

「もしそうなって……そのとき、ぼくを嫌いになったら……どうか遠慮なく捨てて……ください」

ニコは祈るような気持ちで言った。

「捨てるなんてどうして」

「お願い、約束して。嫌いになったら……捨ててください」

「バカなことを、どうしてそんなことを」

「……約束してくれたら……安心してあなたを……好きでいられるから」

支離滅裂なことを口にしているのはわかる。レヴァンも意味がわからなくて混乱しているようだ。けれどそれでニコが納得するならという様子でうなずいてくれた。

「わかった、約束する。きみを嫌いになるなんてことはない。だけどきみがそう誓って欲しいと言うなら誓う」

「よかった」

ニコはほっとして身体から力をぬいた。安心したとたん、ぽろぽろと涙が流れ落ちる。

「いつかぼくを捨てたいと思う日まででいいです」

「何でそんなことを……ああ、いい、それも含めて、なにもかも含めて愛するよ。きみは？」

「ぼくは……死ぬまであなたを愛します」

「本当に？」

念押しするように言われ、ニコはうなずいた。

「ええ……愛します。大好きです……だから」

そう、気持ちは変わらない。けれど。

「わかった、待とう。きみが打ち明けてくれるまで。それにおれもきみに隠していることがある。今は言えないが」

「それは……国家的なことですよね」

「そうだ」

では自分とは事情が違う。国家機密のようなことなのだろう。けれどニコは個人的事情だ。しかも犯罪という後ろめたいことだ。

「あなたが何者でもかまいません。ぼくがどんな人間でも……それを知ってもあなたが愛してくれていたら」

そう、彼がどんなお尋ね者でもかまわない。自分が犯している以上の罪ではないことくらいわかるから。

「おれもだ、きみが悪魔でも、実は六十のおじいさんでも……それでも好きだという気持ちに変わりはない。大好きだ」

その言葉は優しい春の光のようにニコの心をあたたかく包んでくれた。たとえこのひとときだけでも、たとえかりそめであっても。

レヴァンが好きだから。たとえ短い間でもオメガのふりをして彼と愛しあいたいと思っている。こんなこと、いけないとわかっているのに。

6　穢《けが》れた事実

そろそろ冬がやってくる。

バルカン半島の広大な大地を雪で覆い、森を閉鎖してしまう長く暗い冬。今朝はとりわけ冷たい風が激しく窓枠をうち鳴らし、冬の到来を予感させていた。

「はい、ニコ、たのまれていたハーブだよ」

朝、店を開けようとしていると、先日、オメガのエリート校を卒業したばかりのパーシャというオメガが現れた。このあたりで一番大きなハーブ園を持っている地主の長男だ。

「ありがとう、すごくいいハーブだね」

「ぼくが育てたんだ、すごいだろ。今の季節は、ミント、レモンバーム、オレガノあたりがいいね。このレモンバーム、湯にくべておくと、午後にはすごくおいしいハーブ水ができているよ。あっ、そうだ、この前、株分けしたローズマリーはちゃんと育ってる?」

「うん、大事に育てているよ」

「オメガじゃなきゃ、ハーブ園ごと……うちの家、ぼくが継ぐんだけど。アルファってだけで、超バカな弟が家を継ぐなんて……イヤになっちゃうよ」

　ぶつぶつ言いながら、パーシャはニコが出したローズティーのグラスを手にした。

「うーん、おいしい、ニコのローズティーは最高だね。ますます美人になれそう。あ、ミカリス、寝ているんだ、だいぶ大きくなったね」

　カフェの片隅のゆりかごをのぞきこみ、パーシャが感心したように言う。

「そういえば、冬季だけ労働者を雇ったんだって。どこにいるの？」

　パーシャがくるっとカフェを見回す。

「あ、うん、今は外に薪をとりに」

　パーシャは窓を開け、裏庭をのぞいた。薪割りをしているレヴァンの姿をしみじみ見つめて艶やかに微笑する。

「へえ、いいひと、雇ったんだ。かっこいいし、綺麗だ。名前は？」

「レヴァンさん」

　するとパーシャは窓から身を乗り出してレヴァンに手を振った。

「レヴァンさん、初めまして。オメガのパーシャです。父が大きなハーブ園を経営している地主で、時々、ここにハーブを届けにきています。よろしく」

　するとレヴァンも軽く会釈した。

「レヴァンさん、伴侶、欲しくない？」

「伴侶ならいる」

「ぼくじゃだめ？」

「だから言っただろう、伴侶がいると。ニコがおれの伴侶だ」

「へえ、やっぱりうわさは本当だったんだ」

「ああ」

「残念だね」

くすっと笑ってパーシャはニコに話しかけてきた。

「素敵なひとだね、レヴァンさんか」

ここ三年、パーシャは連続して『薔薇の精』に選ばれているらしく、恐ろしいほどの美貌の持ち主だ。この国の優雅な刺繍入りのドレスを着た彼は、どこかの国の王女のようだ。

エリートオメガ。パーシャは本物のオメガだ。神秘的な美貌をしているが、気が強い上に言動が乱暴なので街での評判は悪い。

『ニコ、同じオメガでもパーシャなんかと付きあうのはやめなさい。性格、よくないよ』

『あれは、将来、魔性のオメガになるよ。これまでだってどれだけ多くのアルファが傷つけられてきたことか』

そんな話をよく耳にする。

パーシャは王族以外とは婚姻しないと決意しているらしい。

『オメガだから子供を産むなんてうんざり。でもどうせなら最高のアルファの伴侶になりたいよ。日々、そう願っているせいか、嗅覚《きゆうかく》でわかるんだよね、王族かどうか』

彼の口癖だ。自信にあふれたパーシャと話しているとうらやましくなることがある。

黒髪、黒い眸、白い肌。「薔薇の精」に選ばれるほどの華やかな美貌、それから知性、気の強さ。

ニコにはないものをたくさん持っている。

まわりからは付きあうなと言われても、ニコはパーシャをあえて遠ざけようとは思わない。彼が育てているハーブが本当に素晴らしいからだ。みずみずしく、元気いっぱいで、香りもいい。こんなハーブを育てるのは愛がなければ無理だ。だからきっとうわさとは違うと思う。

それにオメガである彼から、オメガの生き方をこっそり学んでいるというのもある。

発情期、アルファとの接し方……そうしたものをベータのニコは知らない。だからパーシャからの情報を頼りにしていたのだ。

「ねえ、ニコ、あのひと、かなり身分の高いアルファだよね」

窓辺にニコを呼び、パーシャが耳打ちしてくる。

「ぼく……ああいうアルファの伴侶になりたいな」

「え……」

「彼、モルダヴィアの王族だよ」

「わかるの？」

「オメガなのに……伴侶なのに……ニコにはわからないの？」

「……」

そう言われ、顔がひきつり、硬直した。するとパーシャがクスクスと笑った。

「ニコはもう別のアルファと子供を作ったからわからないのかもしれないね」

パーシャは少し挑発的な物言いをしてきた。

「どうしてそんなふうに……」

「レヴァンさんの子供じゃないことくらい、知ってるよ」

「……なぜ」

「それなのにいいよなあ、レヴァンさんみたいないい相手から愛されているなんて」

「パーシャ……どうして」

問いかけたとき、レヴァンが薪を手にカフェに戻ってきた。それを待ち受けていたかのようにパーシャは手にしていたカードをひらひらとさせた。

——それは……。

いつのまに。ニコの身分証だった。

「ニコが男娼だったなんて意外だな。しかも三人も子供がいたなんて、本名ニコルイ……か。ルーシの人間なんだ。見た目、そんな感じだよね」

それは、流行病で亡くなった男娼のニコルイの身分証だ。

——ニコルイ・パノフ。出身ルーシ。二十一歳。オメガ。職業男娼Aランク。三人の息子有り。長男テオドロス、次男アキレス、三男ミカリス。長男と三男がアルファ。次男はオメガ。伴侶の相手は不明。だが全員違う。犯罪歴——伴侶詐欺。人身売買。

そんなことが記されている。ニコはとっさに彼の手から奪った。

「パーシャ、どこからこれを」

「きみのその……あっちのエプロン」

そうだった。この前、拾ったとき、とっさにそこに入れたのだった。

「男娼でシングルマザーで犯罪者……伴侶詐欺なんてしてたんだ。しかもAランクの男娼ってことは、かなりの売れっ子だったんだね。二十一歳なのに三人の子持ちだなんてすごい。しかも全員父親が違って、全員誰なのかわからないなんて」

そのとき、ガタッとレヴァンが薪を一つ床に落とす音が聞こえた。

ふりむくと、彼がじっとこちらを見つめていた。

「三人の子供？」

「……っ」

どうしよう。こんなことって。こんな形で彼に知られてしまうなんて。

「レヴァンさん、すごいね、あなたの伴侶のニコ……犯罪者って知ってた？」

パーシャはチラチラと二人の顔をたしかめながら言う。

「……」

レヴァンは返事をせず、黙々とペチカに薪をくべていった。

「こんなおとなしそうな顔をして、三人もの別々の男の子供を産むなんてすごいよ。しかも売れっ子男娼だったなんて。発情期なんてこないような顔をして、実はすごいんだ。レヴァンさんも色香にやられた？」

笑いながら言うパーシャの肩にレヴァンは手を伸ばした。

パーシャがふっと笑う。レヴァンの顔は無表情のままだったが、だからこそ彼の苛立ちが感じられて怖い。

「ありがとう、ハーブを運んでくれて」

「レヴァンさん、驚かないの？」

「これはおれとニコの問題だ。きみには関係ない」

「レヴァンさん、ミカリスの父親じゃないよね。四人目の伴侶ってすごくない？」

「ああ、すごいかもしれないね。さあさあ、もうすぐ開店時間だ。準備で忙しい。客としてなら、ランチの時間にでもきてくれ」

レヴァンはパーシャを外に出した。そして玄関に鍵をかける。

――レヴァン……。

切れ長の鋭い眸。闇色の眼差しが鋭くニコを捉《とら》えている。

いつもの優しい彼ではない。存在するだけで怖いような、他を威圧する空気が漂っている。ニコは全身を震わせていた。顔は青ざめていることだろう。

「そこに座るんだ。開店の前に話がしたい」

冷ややかな声が心臓に悪い。ニコはうながされるままカウンターの前の木の椅子に座った。

「首都で男娼をしていたのか」

ニコの手から身分証をとり、じっとそれを見つめる。

「……」

なにも言えずニコは両手をひざの上で握りしめたままうつむいた。

身分証明書に記されているのは、「オメガのニコルイ」の人生の記録だ。

自分の記録ではない。けれどミカリスの親になるため、自分はベータではなく「オメガのニコルイ」を演じなければならない。

ミカリスと親子でないことがわかると引き離されてしまう。下手をするとミカリスは暗殺者の手に渡る可能性だってある。だからミカリスが無事に暮らしていけるようになるまでこの嘘を貫きとおさなければ。

ミカリスを殺そうとしていた犯人がわかり、正しく処罰され、その身の安全がきちんと保障されるまでは。

「ここに書かれているのはきみの経歴か?」

「……ええ」

レヴァンがあきれたように息をつく。

「男娼だったといううわさは聞いていた。半信半疑だったが」

「……しかたないんですよ、両親もなく、オメガとして生まれたんですから」

ニコは突き放すように言った。生まれたときから自分がオメガだったようにふるまわなければ。自分が本当に男娼のニコだったように言葉を出さなければ。

「何人ものアルファと寝てきたのか?」

ニコのあごをくいとあげ、レヴァンが顔を見つめる。冷たい眼差しが肌に痛い。ニコは覚悟を決めて彼を見あげた。

「一度、男娼堕ちしたオメガは、性依存症になるといわれているが、きみは違うのか?」

知らなかった。そこまでオメガのことに詳しくはない。

「ミカリスの前でそういう話はやめてください」

ニコは声を震わせながら、強く反発した。

レヴァンに知られたとき、こんなふうに言おう、あんなふうに言おうといろんなことを考えていた。

どうやって謝ったらいいのか、どうすればレヴァンが納得してくれるか。けれどこの展開は予想外だった。だから考えてきた言葉が何ひとつ出てこない。

「その若さで三人も子供がいたとは。おれに打ち明けなければいけないことがあると言っていたが、このことか？」

返事ができない。ニコは顔をひきつらせ、全身をぶるぶると震わせていた。このことではない、真実はもっとひどいことです、とは、この場で口にする勇気も気力も発想もなかった。

「伴侶詐欺で逮捕されたことがあるということも驚いたが……長男を高額で売り、次男を男娼館にあずけていたとは」

「やめて、やめください！」

思わず言葉をさえぎろうとした態度にムッとしたのか、レヴァンがニコの腕をつかむ。ぐいっと身体を引きあげられ、ニコは初めてレヴァンに対して恐怖を感じた。

「ミカリスを愛している、売らない、そんなことを口にするならおれを殺す……そう言ったのはきみだ。それなのに」

レヴァンが哀しそうな目でニコを見下ろしている。

「……っ」

そうだ、レヴァンはそうして売られた子供だった……。彼にとって「オメガのニコルイ」がしたことは最低の行為なのだ。

彼の哀しみの強さ。傷つけているのだと思うと真っ暗な地獄の底に引きずりこまれたような絶望的な気持ちになる。こんな彼は初めてだった。

「ミカリスのために命がけで生きていると言ったのに。その言葉に感動したのに」

「……それは……」

その通りだ。そう言った。

「全部うそだったのか」

うそではない、それこそが本当の思いだ。

だからもうこれ以上、話をしたくなかった。軽蔑されるなら仕方ない。嫌われるのは心臓に刃物を突き立てられるほど辛いけれど、どうしても本当のことは言えない。その代わり、ニコの口からはひらき直ったような言葉が出てきていた。

「ぼくのことはどうだっていいじゃないですか。あなたが勝手に伴侶になりたいと言ってきたんですよ。あなたは春までここで働いて、そのあと出ていけばそれでいいんです」

「愛していると言ったのに。だからおれはここに残ろうと」

「そんなことされたら困ります。春に出て行ってくれるなら、好きになってても後腐れがなくていいと思ったのに」

「そんな程度なのか。そんな程度の気持ちでおれを愛していると」

「ええ、そうです。あなただってぼくがどんな人間でもいいって、悪魔でも六十のおじいさんでもいいと言ったのに。それなのに身分証を見たとたん、責めるなんてひどいです」

きっともうダメだ。せっかく愛おしく思ってくれたのに、自分は彼に何というひどい言葉を浴びせているのか。これでは暴力だ。

「いや……責めてはいない、ただ失望しただけだ」

「――っ!」

失望という言葉が、逆にニコの胸を強く切り裂いた。ぽーんと遠くに突き放された気がした。そうか、失望という感情は怒りや憎しみよりももっと鋭い痛手を相手に与えるのだと実感したとき、店のドアベルが鳴り、レヴァンはニコから手を離した。

「話はまたあとで」

開店の時間だ。ふたりの攻防などなにも知らない客たちが笑顔で店内に入ってくる。


今日もいつものように休む暇なく客がやってきた。夕方、閉店時間になってようやく客がいなくなり、ニコが食器を片付けているとレヴァンが後ろから近づいてきた。

「ミカリスはミルクを飲んでぐっすり眠っている」

「ありがとうございます」

礼を言ったとき、ふっと首筋が軽くなった。レヴァンがニコの首筋のチョーカーを外したのだ。

「……っ」

彼の指先がうなじの傷跡をなぞっている。その傷はわざと自分でつけたものだ。オメガとして振るまうために。

うなじだけでなく、腹部にも傷跡をつけた。オメガは特殊な薬草で全身に麻酔をかけ、眠った状態になったところ、専用の医師が腹部を切開して子供をとりだすのだ。ニコルイの身体を見て、どんな傷なのか知っていたので、自分もナイフでそこに傷をつけた。万が一にでも、オメガでないとバレないようにと。

「この傷跡は誰が？」

「……」

答えられず、ニコはうつむいたまま作業を続けた。

「三人ともここを噛んだのか？」

無言のままうなずく。そういうことにしておこう。

「その男たちを愛したのか？」

返事ができずにいると、ニコの両肩をレヴァンがつかんだ。

「愛したのか？」

ニコは静かに答えた。

「彼らは全員客です。お望みなら、あなたもぼくを買えばいいんです」

「買う？　金もないのに。まだ一銭ももらってないぞ」

「じゃあ、ぼくが買いましょうか。一回につき、金貨一枚くらいしか払えませんけど」

自分で変なことを口にしているのはわかっていた。

もうどんな言い訳もしたくなかった。嘘をつくのも嫌だった。ただレヴァンに抱きしめられたかった。偽りでもいい、抱きしめて欲しい。ただそれだけだ。言葉もなく、その腕で。

「アルファが欲しいのか？」

「そうです、餓えてるんです、アルファに」

「発情期……でもないのに？」

「でも欲しいんです、激しく熱いものが」

嘘だ。また言い訳と嘘を。

こんなことを口にしてでもぬくもりに包まれてみたいと思う。アルファが欲しいわけではない。欲しいのは愛するひとの腕だ。一度だけ彼のものになりたい。

「では、きみをおれのものにするぞ。伴侶にしていいんだな？」

伴侶――――っ！

その言葉がニコを夢から覚ます。泣きそうになるのをこらえて振り向き、レヴァンを見あげた。

「やっぱり無理です」

「欲しいと言ったかと思えば、無理だと言う。きみはおれを弄《もてあそ》んで楽しんでいるのか」

「違う、そうじゃない。ただ後悔したくないから」

「後悔？　犯罪者だったことを後悔しているのか。多くのアルファと関係を持ち、三人の子供のうち二人を手放した。ミカリスを命がけで守りたいと言うのは、その贖罪《しょくざい》からか？」

まったく違う方向からの問いかけだったが、彼がニコのなかにある「善意」をさがそうとしているのがうれしくて泣きそうになった。

まっすぐニコを見るまなざしににじむのは侮蔑でも哀しみでもない。こちらの真意を伝えてほしいという祈りにあふれている。

あまりの優しさに胸が苦しくなった。

ごめんなさい、嘘です、ぼくは誰とも関係を持っていません、子供もいません、だってベータだから……と言いたかった。

そしてひれ伏し、謝りたかった。

――でも、それを口にすれば……。

双眸を震わせ、訴えるように見つめることしかできないこちらの視線になにか思うところがあったのか、レヴァンはニコの首筋をなぞっていった。

ニコはぴくっと身体を震わせた。

もうずっと前につけた首筋の傷に彼の指が触れている。それだけでぞくりと背筋が痺れた。オメガでもないのに、どうして肌が熱っぽくなるのか。

「自分でもよくわからないんです……あなたに抱かれたいのは事実です。あなたの好きにして欲しい、多分、身体の奥底でそうされることをぼくは……望んでいる」

ニコの言葉にレヴァンが浅く息を吸う。そして。

「愛ゆえに？　それとも愛ではなく？」

返事ができない。ニコは唇を噛みしめた。

「つまり愛からではなく……ということか。この前は愛していると言ったのに」

切なそうな彼の眸。黒い闇のように深い色をしている。見つめられているだけで息が苦しい。

「おれとの間に子供ができるのが怖いのか？」

ニコは首を左右にふった。

「もうできないんです。三人で終わりです」

「そういう身体にしたのか？」

「はい」

出産人数が多いと肉体に負担がかかるため、三人か四人で打ち止めにすると聞いている。子供ができない体質にする薬草を飲むらしい。

「つまり……欲望処理の相手として欲しいというわけか」

失望をにじませた彼の声に、ニコは息を震わせた。

「……」

もうなにも答えたくなかった。嘘が重ねられていく。作った設定ばかり口にしているせいか、自分でもなにが真実でなにが嘘なのかだんだん混乱してきた。

「ふだんから、そうして男を誘っているのか？」

レヴァンの手が肩に触れる。

どう言えばいいのだろう。なにもしていないと言うべきなのか。それとも最悪なところまで堕ちていると思ってもらったほうがいいのか。

「……はい」

「おれもそうなのか？　愛していると言ったのも偽りで」

「ええ、そうです。あなたもそのひとり」

自虐的に答えると、ぐいと肩をつかむ手に力が加わった。肉に喰いこんでくるようなレヴァンの指の強さに、ニコは唇をかみしめた。

これでいい、こうして怒りのまま抱いてくれれば。

「くそっ、おれを弄んで楽しんでいるのか」

きつく抱きしめられ、とくん、と心臓が高鳴る。ニコは彼の背に腕をまわしていた。

ああ、大好きだ。どうしようもないほど。ミカリスと同じくらい、でも別の意味で愛おしい。このひとが好きで好きで好きで……恋しくて愛しくてしかたない。

「今夜はきみを抱く」

その言葉に胸が熱くなる。レヴァンはニコを抱きあげていた。

そのまま二階の彼の寝室に連れて行かれた。

木製の客用のベッドに横たわらされ、上から彼がのしかかってきた。

「レヴァ……」

あごを持ちあげられ、強く唇を押し当てられる。唇を割って舌が口内に入りこんできた。こんなことは初めてなのでどうしていいかわからない。でも男娼のオメガだと思われている以上、慣れているように振る舞わなければ。

「ん……っ……」

レヴァンの手がブラウスをたくしあげ、胸へとあがってくる。動悸《どうき》が激しくなるのを感じながら、ニコはその背に腕をまわした。

身体にかかるレヴァンの重みが愛おしい。けれど彼の指先が乳首に触れたとき、急に恐怖を感じてニコはぴくりと全身をこわばらせた。

「……い……いや……怖い……」

ニコはレヴァンの肩をつっぱねようとした。だけど自分よりもかなり大きな肉体はびくともしない。

それどころか、乳首を指先でおしつぶされるうちに、下腹のあたりに妖《あや》しい熱が溜まっていく。どうしてこんなことが？　初めてだ。どうしよう、こんなふうにひとは睦《むつ》みあうものなのか？　人の身体というのはこんなふうになってしまうのか？

「感じているのか」

レヴァンの指先に弄ばれるごとに胸の粒がぷっくりと膨らんでいく。足の間がうずうずと疼いてきてどうしていいのかわからない。

どうしよう、怖い。恥ずかしい。レヴァンに抱きしめられたいとは思うものの、自分の肉体の変化に戸惑ってにげだしたくなる。やっぱりイヤだ。やめたいと言おうと思う自分をあわてて戒める。だめだ、男娼なのだ、自分は。演じなければ。

「ん……っ」

ニコはまぶたを閉じた。大丈夫、任せよう。素直に彼に従おう。ブラウスを広げられ、乱れた衣服のあらわになった肩のつけ根をレヴァンが甘く噛む。

「あ……っ」

喉から出る甘い声が恥ずかしい。ふくれた乳首を彼の指が嬲っている。肌が熱くなっていく。呼吸も苦しい。ベータなのに、オメガとしてアルファに抱かれている。そのいびつさに身をゆだねよう。自分がオメガなのかベータなのか……もうわからない。

やがてニコの脚の間に彼の手が伸びてくる。その手に触れられた瞬間、形を変えかけた性器の先端から濡れた雫《しずく》がとろりと滴ってニコは心臓が停まりそうなほどびっくりした。

「―――っ！」

いやだ、怖い、どうしよう。ニコは彼の肩を叩いていた。

「やめて、やめて――――っ！」

首を左右に振り、必死にレヴァンの肩を突っぱねる。

やっぱり無理だ。こんなふうに身体が変化するのが怖い。オメガでもないのにオメガのふりなんてできない。

「ニコ……」

レヴァンの動きがぴたりと止まる。目を見ひらき、レヴァンが顔をのぞきこんでくる。ニコはがちがちに震え、顔をこわばらせていた。

「おれに抱かれるのがイヤなのか？」

「ちが……大丈夫……ただ……」

「いい、無理しなくても。そんな蒼い顔をされたら、無理強いしているようで怖くなる」

「……ごめんなさい……ごめん……」

「謝るな。今夜はやめよう」

レヴァンが身体から離れようとする。ニコはとっさにその腕をつかんだ。

「違う……無理はしていないんです……でも」

「でも？」

「……できたら……今夜は……ただあなたに抱きしめられて……眠りたくて」

「ただ抱きしめられて？　それがいいのか？」

ニコはうなずいた。

「ぼくがミカリスを抱いているように、すっぽりくるまれて……安心したように……」

言ったあと、急に恥ずかしくなって首を左右にふった。

「いえ……ごめんなさい……ぼく……なにを。さっきから失礼なことばかり」

泣きそうな目で見あげると、レヴァンはふっと微笑してニコの背に腕をまわした。

「いい、そうしよう。おれもきみを抱きしめたい。それだけでいい」

そっと壊れものでも抱くように腕に包まれたとき、欲しかったものはこれだという喜びが胸をあたたかくした。

おたがいが同じ気持ちで同じものを求める……そんな愛に包まれたぬくもりが欲しかったのだ。


その夜、恐ろしい夢を見た。あの世にいるニコルイが出てきたのだ。

「ニコ、ひどいよ、ぼくと息子の身分証を使って幸せになろうとするなんて」

「ごめん、でもそうしなければ、ミカリスが殺されて」

「その子はミカリスじゃない。名前も何も知らないただの赤ん坊だろ」

「……っ」

「本物のミカリス、ぼくの大切な子供にそんな身元不明の子供の服を着せ、死体安置所に置くなんて、きみはひどいよ、最低だよ」

「ニコルイ……」

絶対に生きよう、なにがあってもこの子を守ろう。そう思って逃げたけれど。

「約束したよね、ミカリスをたのむって」

「でも、きみの子供はもう……」

ニコルイが亡くなったときには死んでいた。

「だったらぼくがたのんだものは？　あそこにはぼくの子供たちの出生を証明する大事なものが入ってるんだよ」

置いてきてしまった、修道院に。今も地下の図書室の棚の下に埋められたままだ。

生き延びることしか考えていなかったから……。

「きみは犯罪者だよ。罪がバレたら生き埋めにされるよ」

「生き埋め？」

「そう、きみは永遠に光のない闇に閉じこめられるんだ。そこで朽ちるまで」


「……っ……ごめん……ごめんなさ……ニコ……ミカリス……っ」

「どうした、ニコ」

手さぐりで伸ばした手を大きな手につかまれ、耳もとに響いた声にニコはハッと目を覚ました。

「……っ」

ニコの肩を抱いているレヴァン。そうだ、昨夜、自分たちは。

ろうそくの焔がレヴァンの整った横顔を照らし、焔を吸いこんだ黒い眸がくっきりとニコをとらえていた。

光……。自分を包みこむような光がそこにある。ミカリスがほほえんでいたときと同じ。

「うなされていたぞ。自分とミカリスの名前を呼んで」

「あ……」

「大丈夫か?」

「え、ええ、怖い……夢を見て」

「ニコ……」

レヴァンが背に腕をまわし、抱きしめてくれる。やさしいぬくもり。愛おしそうにその腕にくるまれていると、ニコの胸のうちから恐怖や苦しみから少しずつ消えていく。

今のは予知夢だろうか。真っ暗な闇につながれるニコの未来の。罪を償うための。

でも今はまだ暗闇に閉じこめられてはいない。

今はこの愛するひとの腕のなかにいる。ミカリスがいて、このひとがいる。胸が詰まり、泣きそうな自分の衝動をこらえながらのニコはゆっくりと半身を起こそうとした。

「悪夢を見たのか?」

顔をのぞきこんできたレヴァンの指が、汗ばんでほおに貼りついたニコの髪をそっと優しくすくいあげていく。

「ええ」

「おれのせいか?」

「え……」

「おれがきみを抱こうとしたから」

「どうして」

「その前にきみを罵《ののし》った。ひどいことをたくさん言った。あの身分証を見て……動揺して」

レヴァンの言葉に、ニコは胸があたたかくなるのを感じた。

このひとは、心底、優しいひとなのだ。

ニコは微笑した。彼はニコの本当の罪を知らない。ベータだということも知らない。

だからどんな夢を見ているか知らない。本物のニコルイから罵られ、暗闇に生き埋めにされそうになった夢を見たなんてとても口にできない。

——ごめんなさい、本当は……オメガじゃないのに。ぼくは愛される資格も伴侶にしてもらう資格もないのに。

嘘をつく心苦しさと、それでも愛されたいと思う気持ちとがせめぎあって苦しい。

ニコは潤んだ眸でじっとレヴァンを見つめた。

「どうした、泣きそうな顔をして。やっぱりきみが欲しくなってしまうじゃないか」

そんなことを言われると、そのままましがみつきたい衝動が押しよせてくる。大好きだという感情が爆発しそうで怖くなる。

「ぼくが……オメガでなくても……欲しいと思いますか?」

震える声で問いかけると、レヴァンがくすっと笑う。

「おかしなことを。関係ない。アルファでもベータでも」

「本当に?　本当にぼくがベータやアルファでも?」

「むしろベータやアルファならよかった。そうしたら、きみは男娼館に売られずに済んだ」

その言葉に光を感じた。ニコのなかにあったオメガではないという罪悪感が陽射しに溶ける淡雪のように消滅していく。

「ベータだと子供はできませんよ、発情期もないです」

「子供はミカリスがいれば十分だ。それに発情期なんてないほうがいい」

「どうして」

「おれは愛だけでつながれる関係のほうが好きだ。アルファでもオメガでもベータでもいい。ただニコのことが好き……それがおれの本心だ」

どんどん溶けていく。淡雪だけでなく、もっと大きな雪の塊も氷も。そして光に包まれてきらきらと輝いている。

「なら、抱いてください」

ニコはレヴァンを見あげて言った。

「ニコ……」

「お願い、あなたと結ばれたい。ぼくがオメガでなくてもいいと思うくらい愛しく感じてくれているなら、どうかこの身をあなたのものにしてください」

さっきの彼の言葉にすがっていいだろうか。いや、すがりたい。

――ニコルイ……これならいいよね？　オメガのきみじゃない。ベータでもアルファでもいい、ぼくだからと彼が言っているのだから。

彼の手を自分の胸に導き、ニコは微笑した。

「あなたと……つながりたいです」

「本当にいいのか？」

「はい」

恐れない。なにも恐れない。肉体の変化も恥ずかしさも受けいれよう。こんなに愛しく思ってくれるひとにすべてをゆだねよう。ぼくも愛しているから。

「大好き……レヴァンさん……大好き」

「どうしたんだ、今度は急にかわいくなって。きみは矛盾の塊だな」

「ごめんなさい……ごめんなさい。嫌いになったら捨てていいから、今夜はどうか」

「そんなことにはならない、おれはニコが好きだから」

大きな腕でいたわるように抱きしめられ、髪の生えぎわにキスされながらそっとまぶたを閉じる。皮膚に触れる吐息やぬくもりに、魂まで慰撫されるような心地よさをおぼえた。

「大好き……レヴァンさん……」

衣服を脱がされ、腰をひきつけられ、足を絡めあって身体をつないでいく。ハーブオイルで奥を解され、そのままそこにレヴァンがゆっくりと侵入してくる。

「う……っ……っ」

「狭いな」

「ごめんな……さ……」

「痛いか？」

「……平気……うれしいから……」

本当は全身が壊れそうなほど痛かった。けれどどうしてもレヴァンと結ばれたくてニコは彼の背に爪を立てて体内に挿ってくるものを受けいれようとしていた。

こうして結ばれるのだ。愛をわかちあうのだ。つながったところ、触れあっているところから少しずつふたりの体温が溶けあわさっていく。もっと触れあいたい。もっと深く溶けあいたい。

愛している。大好きだ。嵐のような感情が胸底から広がっていく。

ひとときでも、束《つか》の間《ま》でも、ニコは愛する相手が自分のなかにいる喜びにこれまで感じたことのない幸せに満たされていた。

7　レヴァンの愛

気がつくと、周囲の森はすっかりと秋の色に変わっていた。

——嫌いになったら……捨ててください、か。

耳に残るニコの声を思い出しながら、明け方、レヴァンは建物の裏に新しく増築した納屋に冬用の薪を並べていた。

「よし、このくらいあれば、楽に冬を越せるだろう」

足の怪我もすっかり良くなり、今では無理をしなければ昔のように生活できるようになった。

だが、馬に乗って戦地に赴くには、まだ少し時間が必要だろう。

『ここできみとミカリスを育てる』

そう誓ったレヴァンに対し、ニコは最初は喜んでいた。だが、パーシャに身分証の話をされたあとは、『春まででいい』と言うようになった。

彼はどちらを望んでいるのか。抱こうとしたら怯え、怯えたかと思うと自ら抱いてと言う。矛盾だらけなのは「嫌われるかもしれない」と彼が恐れているなにかのせいだろう。彼はなにを恐れているのか。なにを知られたくないのか。

レヴァンとミカリスを慎《つつ》ましく育てながらここで生きていく。それを望んでいると思うのだが。

カフェの店内に行くと、薄暗い明かりのなか、ニコが新しく手に入れた毛糸でミカリスの服を編んでいた。

冬用の帽子、ベスト、靴下。白地に赤い模様が入るように編みこんでいる。

「もうこんなに編んだのか」

やわらかな肌触り。だが、なかなかしっかりと編まれているので、かなりあたたかいだろう。

「ミカリスの分が終わったら、次はレヴァンさんのも作りますね」

「おれの？」

「冬用にいろいろ考えています」

「きみの分は？」

「その次に」

「おれの分は最後でいいぞ」

「次に作らせてください。作りたいんです」

そう言って幸せそうに編み物をしているニコの横顔をレヴァンはじっと見つめた。

彼から漂う、優しくて甘い空気に胸がたまらなく疼く。

愛しい。細い指先が器用に編み棒を動かしているさまを見ているだけで身体の奥がざわざわと騒がしくなる。ミカリスのため、心をこめて作られた編み物の数々。魔除けの赤い糸で、焔、太陽、薔薇の花、すみれの花を次々と形にしていく。

さぞ手間がかかるだろう。刺繍入りのブラウスやズボンもそうだが、それを見ていると、どれほど彼がミカリスを愛しているかわかる。

こんなにも子供を愛している親を見たことはない。

――あの身分証に書かれていた彼が、本当にここにいる彼なのか？

彼が人身売買で逮捕された男娼なのか？

それとも昔は性悪だったが、今は改心したのだろうか。マグダラのマリアのように、心を入れ替えた可能性もある。

だが、それでもやはり彼が三人の子供の親であるようには見えない。

抱きしめたときの初々しさ。キスだけでも緊張している。

出産したと思えない体型。華奢《きゃしゃ》で今にも折れそうだ。出産の痕跡《こんせき》があるようには思うが、きちんとたしかめたことはない。そもそも彼の裸身を暗闇でしか見たことがない。浴室もそうだ。

彼からオメガのフェロモンらしきものを一切感じない。自分以外のアルファと伴侶の誓いを交わした王太子妃ですら、ほんのりとそれらしき香りがしていたのに。

妊娠しないようにしていると言ったので、ニコにアルファの本能を刺激するような性的なものがないのかもしれないが。

──それでもここまでになるのか？　ニコは舞踏会に参加していたオメガたちよりもずっと清らかな雰囲気だ。

舞踏会にいたオメガたちは、ニコと違って、まだどのアルファとも寝ていない者ばかりだ。妊娠も出産もしていない。

それなのに、今のニコよりも性的な匂いを感じた。レヴァン自身、オメガを抱いたことがないので、妊娠出産したオメガがどんなものなのかわからず、比べようはないのだが。

──本当に……彼は……三人の子を持つオメガなのか？

熱心に編み物をしている姿は、天使か聖母にしか見えない。本物の彼と身分証の彼は、違う色で描かれた、似て非なる絵画のようだ。

小首をかしげながら、レヴァンは庭に出て、今日、使えそうなハーブを摘み始めた。

「ええっと、今日はローズマリーとラヴェンダーが必要か」

ニコが書いたランチメニューを参考に、朝の光を浴びながら庭先のハーブを集めるのもレヴァンの仕事だ。朝露に濡れたローズマリーを選別していると、杖をついた小柄な老婆がしわがれた声で話しかけてきた。

「あの……すみません……」

頭からすっぽりと襤褸《ぼろ》のような黒い布をかぶっている。よれよれとした歩き方、杖を手にしたしわだらけの手とその顔を見て、一瞬、ぎょっとした。かつてモルダヴィアで大流行した疫病の後遺症が残っていたからだ。あちこちの皮膚が壊死して黒ずんでいる。

「こちらの店主の……金髪のニコさんというのは、モルダヴィアの……ひとですか？」

「え、ええ」

よく見れば、老婆ではない。まだ五十代くらいの男だ。出産経験のあるオメガは年をとればとるほど、中性的な独特の雰囲気になるが、おそらくそうなのだろう。

「ああ、やっぱり。この前……遠くからお姿を見て、もしやと思ったのですが」

声からしても最初に受けた印象よりは若そうだ。老いて見えるのは、疫病の後遺症のせいかもしれない。

「ニコをご存じなのですか？」

「モルダヴィアの……国境沿いの施療院で、お世話になったのです。どんな病人も……それこそ恐ろしい疫病の病人も献身的に看病されていて」

「ニコが？」

「ええ、私も汚穢《おわい》にまみれて行き倒れていたところ、彼に助けてもらって。ゴルゴダの丘をいくイエスさまのように私を背負って教会の階段をのぼられて。そして自分の分の食事を分けてくれて……あんな慈悲深い修道士さまに会ったことはないです。おかげでご自分も罹患されて……」

修道士？　ニコが？

「誰かとまちがえているのでは……」

「いえ、ここのニコさんです。どんな境遇の男娼であろうと、どんなに汚れた人生を歩んだオメガであろうと、彼だけは拒むことなく手を差し伸べてくれて。哀しいオメガたちが人間らしい最期を迎えられたのはニコさんのおかげなんです」

たしかに、そのほうが今のニコに近い気がするが、しかし彼が修道士だなんてまさか。

「疫病で亡くなられたと聞きましたが、生きかえられたのですね」

どういうことかくわしく聞こうと思ったそのとき、後ろから荷馬車に乗った若い修道士があわてた様子で追いかけてきた。

「こらっ、ダメじゃないか、病院を抜けだして」

店の前で馬車を停めると、修道士はそのオメガの肩に手をかけた。

「すみません、旦那さん、この患者、病気の後遺症で幻覚を見るらしくてすぐに病院を抜けだすんですよ。妄想ばかり口にして」

では今、聞いたことは病気の後遺症？　彼の勘違いか、妄想なのか。

「あんたの大好きな美しい修道士さんは、ここのカフェのひとじゃない。半年以上前に疫病で亡くなったんだ。遺体の運搬記録に名前が載っているのも確認したじゃないか」

「そんなことない、生き返られたんだ、イエスさまのように」

老オメガの言葉に、修道士が苦笑いする。

「ほら、このとおり。いつもこんな調子で。一回、あの世に逝った修道士が生き返るわけないって何度言ってもダメなんですよ」

ずいぶん手を焼いているようだ。たしかに生き返った人間など見たことがない。

「その患者さんはモルダヴィアからの？」

「ええ、モルダヴィアの国境沿いで男娼をしていたオメガです」

「では戦争難民ですか」

「そうです。若いころは、黒海近くのドナウ川沿いの港町の歓楽街にいたようですが、使い物にならなくなったあとは修道院の聖堂の前で物乞いをしていたとかで」

ニコのいた男娼館と同じ歓楽街だ。

場所的には接点がないわけではないが、年齢的にかなり差がある。聖堂の前で物乞いをしていたのなら、娼館にいたニコと会うことはないだろう。

「では、また」

若い修道士は、その老オメガを荷馬車の後ろに乗せると、そのまま街のほうへと姿を消した。

――どんな病人でも助けようとして、自分も罹患してしまった修道士か。性悪の男娼よりも、そっちのほうがニコに近い気がして期待しそうになった。

けれど修道士になれるのはベータだけ。オメガのニコであるわけがない。

がっかりとしながらローズマリーを集め直していると、ふわっと近くから甘い香りがしてきた。顔をあげると、物陰からパーシャが現れた。

籠いっぱいのハーブ。届けにきたらしい。甘い香りはハーブではなく彼自身からのものだろう。

「すごいね、あのひと、ニコをイエスさまのようだって。故郷では魔性のオメガって言われていた男娼なのにさ」

艶やかな髪、愛らしいまなざし。一見すると少女のようだ。パーシャは、街一番の薔薇の精にここ三年選ばれているらしいが、彼のほうが魔性のオメガという言葉があいそうな雰囲気だと思う。

「病気の後遺症で勘違いしただけだ」

「みんな、すぐ彼みたいな天使っぽいタイプにだまされちゃうよね」

パーシャはくすくすと笑った。

あからさまに他人を侮蔑するような、その言い方が不愉快だ。

思わずにらみつけるように目をすがめると、彼は一歩後ろに下がりながらも、さらに強い調子で言葉を続けた。

「ああいうのが一番性悪なんだよ。虫も殺せませんって顔をして、世界中の不幸を背負っているみたいな淋しそうな空気をまとって、周りの同情を引くタイプ」

「そうなのか？」

「おとなしそうで、天使みたいな顔をして、実はしたたかって、よくあることだからね。案外、ぼくみたいに派手な見た目で、強気な人間のほうが裏表がなくていいやつってことあるんだから」

パーシャの言葉に、ふっと吹きだしそうになった。

なかなか面白いやつだ。口にしていることはひどく失礼だし、ちょっとだまってろ、と、口に石をつめこみたい衝動がこみあげてきたが、以前にニコが言っていたことを思いだし、案外、そうかもしれないと思った。

『パーシャは、根はいい子だよ。ああやってあちこちに刃をむけるのは、彼が自分を守ろうとする武装の顕《あらわ》れなんだ。街で一番美しいオメガ……いずれ政略結婚させられる運命だとわかっているから。自由がないことへの反発。強くあろうとして必死なんだよ。本当は繊細でとても脆《もろ》くて臆病《おくびょう》な性格なんだ。だからなにを言われても優しくしてあげて』

そのことを思いだしてレヴァンが口の端をゆがめて嗤《わら》うと、パーシャはカンに触ったかのように口元から笑みを消した。

「どうしたの、なにか言いたそうだね」

「ああ」

「ニコがぼくのこと、何か言ってたの？　意地悪だとか性格最悪とか言ってなかった？」

「いや、パーシャはいい子だって」

「……っ！」

顔をひきつらせ、パーシャはレヴァンをにらみつけた。

「パーシャは繊細で脆いところがあるから優しくしてって」

「だからニコは嫌いなんだ。いい子ぶってさ。自分だけ天使さまかよ。ほんと、ムカつく」

パーシャは手にしていたハーブでいっぱいの籠を思い切りレヴァンに投げつけてきた。彼の地雷だったらしい。

——そうか……パーシャは……ニコの言っていたように……。

強気で美人を鼻にかけている性格の悪いオメガではなく、そう振る舞うことで、脆い自分の内側を必死になって守ろうとしている繊細な人間だったのだ。見えているものと見えていないものの違い。

レヴァン自身もそうであるように、誰もが内側になにか秘めている。


「あーあ、パーシャ、こんなにして」

レヴァンが集めたハーブを手にとり、ニコがやれやれと苦笑した。

「だあ、だあ」

「ミカリスも呆れているね。レヴァンさん、パーシャをかなり怒らせたんですね。彼がハーブを投げつけるなんて。彼、ああ見えて、自分の作るハーブは世界一だと自負しているのですから」

「あの男が？」

「そうですよ。ほら、このレモングラス、すばらしいでしょう？　青々としてみずみずしくて、水出しして飲むと全身がすがすがしくなって幸せな気持ちになる。実は彼が愛情込めて作っているんですよ。外見が派手なせいで遊び人だと思われがちだけど、ハーブ作りにはプライドをかけているのが、この商品を見ただけで伝わってきます」

「あの男もなかなか厄介な性格をしているな。嫌なやつかと思ったら」

「だからミカリス、けっこう好きなんですよ、パーシャのこと」

ニコの話だと、ミカリスには不思議な力があり、心の綺麗な相手とそうではない相手とでは態度が変わるらしい。

「アルファのなかに、そうした性質の子供がいるようだ。おれが仕えていた王太子も……おれも子供のころはそうだった」

「あなたも？」

「ああ、だが成長するにつれ、そんな力はなくなってしまったが。ところでニコ、きみがいたモルダヴィアの港町にあった修道院を知っているか？　病院を併設していたようだが」

さっきの老オメガの話を思いだし、問いかけると、ニコは泣きそうな顔をした。訊いてはいけないことだったのか。

「どうして……そんなこと」

「それは」

さっきそこで……と言いかけたそのとき、トントンとノックと共に扉がひらいた。鈴が鳴ったかと思うと、旅装束を身につけた数人の騎士が入ってきた。

モルダヴィアの国旗を手にした騎士と、その背後に、時折、連絡をとっていたスピロがいた。

今度、彼がきたとき、自分はここでニコと所帯を持つと伝えるつもりでいたが。

「ニコ、二階で話をしてくる」

店をニコに任せ、レヴァンは騎士たちを連れて二階にあがった。

「レヴァンさま、お迎えにきました。春を待たずして、王位簒奪者に天罰がくだりました。騎士団長ガロンスキーが疫病で亡くなりました」

「では内戦は」

「終わりました。ガロンスキーを失った軍隊は統率を失い、彼らはジーマさまに従うことに。その結果、来月、ジーマさまが国王に就任されることになりました」

終わった。内戦が。自分がいない間に故国は平和になったのか。

「それはよかった。それなら、もうおれがもどらなくても」

「いいえ、あなたさまは先代の御子息ではありませんか。愛人の子とはいえ、公爵の称号をお持ちであるレヴァンどのには、側近として国王のジーマさまを支えていただかなければ」

側近として支える……か。

それだけが望みではないだろう。ガロンスキーという共通の敵がいなくなったあと、ジーマにとって、レヴァンは次なる心配の種でもある。

ほとんど接触したことがないのでジーマの性格はよく知らないが、国王や王太子と親しかったわけではない。

王太子はガロンスキー同様に、ジーマのことも警戒していた。野心家だと言っていたのだ。レヴァンを近くに置き、いつでも処分できるようにと考えても不思議ではない。

「おれはもどる気はない。王位にも興味はない。今からその旨を書面に記そう」

もともと国王から捨てられた子だ。

表向き、王太子の異母弟ということになり、公爵の地位を与えられたが、今、双子だった秘密を知っているのはレヴァンだけ。

——いや。宮廷の占い師とおれを施設に売ったオメガも知っているはずだ。おれを殺すようにすめた占い師と、おれを金に変えた父の愛人……。

占い師は戦争に巻きこまれて死んだという話を小耳にはさんだ。

レヴァンを施設に売ったオメガがどうなったかはわからない。

もしも王太子の子が生きていたなら、ジーマではなくその王子に仕えたかった。王太子と約束したとおり、父親代わりになって。

「ジーマさまは、レヴァンさまを騎士団長として迎えたいということです」

「いや、おれは結局何の役にも立っていない。王族の地位を捨てて、ここで平民として暮らしていくつもりだ。ニコと正式に結婚して」

「ニコ？　ニコルイ・パノフですよね？　男娼と本気で？」

「本気だ」

「いいんですか、有名な魔性のオメガですよ。Aランクの最高級のオメガですが、彼はジーマさまともガロンスキーとも寝ていたとんでもない性悪といううわさですよ」

「ふたりともと？」

ニコが言っていたのはそのことなのか？　嫌いになったら捨てて……と。男娼であることよりも、子供を売ったこともよりも、投獄されていたことよりも、もっとひどい秘密があるとも言っていたが。

「ニコルイ・パノフは魂が穢れきった男娼ですよ。邪悪で、どうしようもない淫乱で、強欲なオメガです。一度寝たら誰でも彼の虜になってしまい、気づけば人生が狂わされるそうです。あなたもそうなんですか」

「それはない、彼は子供を愛する立派な親だ」

「まさか。だまされたんですよ、彼は三男も売る書類を申請していましたよ」

「それは……」

「ミカリスという三男を金貨千枚と交換する契約書を見ました。父親のガロンスキーに」

「――っ」

父親がガロンスキー？　彼らの話によると、男娼館のニコルイ・パノフはもともとジーマのお気に入りだったが、ガロンスキーも彼に夢中になり、ふたりは何度も娼館で揉《も》めていたとか。嫉妬したジーマがニコルイを伴侶にしたものの、すぐにトラブルが生じて別れた。その後、ガロンスキーがニコルイを伴侶にして子供ができたが、またトラブルが起きて関係は解消された。だが認知を求め、金も請求していた。

「信じられない」

想像もつかない話をレヴァンは硬直して聞いていた。少しでも動いたら一瞬でひび割れそうな氷の上にいるように、息をするのも忘れて。

しかし次の瞬間、スピロの言った言葉に足元の氷が割れ、一気に氷塊に落ちていく自分が見えた。

「ジーマさまは、ミカリスがガロンスキーの子なら生かしておくことはできないと。息の根を止めるよう、ジーマさまからあなたに命令が。ニコルイも処刑しろと」

「な……おれに？」

パカな。おれがニコもミカリスも？　殺せと？

「どうしてニコルイまで」

「ジーマさまは昔のことを立腹されているようで。聖職者時代のことなので、おおっぴらには公言できませんが」

「彼が大司教だったころか」

「はい、ニコルイ・パノフの次男は、当時、顧客だったジーマさまとの子供だったようで。ジーマさまが国王につくと発表された翌日、男娼館の館長だった男がいきなりゆすってきて」

「ニコルイのいた男娼館の？」

「はい、国家への反逆だと言って、ジーマさまは、その場で処刑されました。子供も一緒に」

「子供？　ニコルイの次男も殺したのか？」

「はい」

「……っ」

レヴァンが驚きのあまり息を止めた瞬間、扉の向こうで大きく陶器が割れる音がしたかと思うと、赤ん坊の泣き声が響いた。

廊下に出ると、階段の踊り場でニコが蒼白になってふるえていた。階段の下のゆりかごのなかでミカリスが嵐のように泣いている。

数日後、モルダヴィアにむけて出発することになった。

「ジーマさまに頼み、ニコは正式な審問会で今後を決めてもらう。それまで手を出すな。ミカリスもだ。まだガロンスキーの子供かどうかわからないのに」

レヴァンはスピロたちにそう命じた。

ニコはひどくショックを受けたようで、そのまま倒れてしまった。モルダヴィアの重罪犯罪人としてニコが連行されることになったのもあり、店は閉鎖された。

ニコの次男が殺されたのか。ミカリスをあんなにも愛しているニコにとって、いくら以前に手放した子供とはいえ、父親の手で殺されたと知って気が動転しない事はないだろう。

——ジーマさまも……それが真実なら国王としてふさわしい人間とは思えない。

ニコはどうしてジーマの子供なんかを産んだのか。

「どうして処刑しないのですか。ジーマさまは、早々にふたりを殺せと」

「処刑は調査のあとだ。おれがジーマさまとじかに話をする」

「ジーマさまは、今ではニコルイのことを憎んでいます。逃したりしたら、レヴァンさまの身が危うくなりますよ。最悪の場合、あなたさまも……」

騎士たちの中で、スピロは何度か連絡を取りあっていたのもあり、レヴァンのことを親身に心配してくれているようだった。

「わかっている。処刑ではなくせめて流刑にしてやりたい」

せめてどこか遠い場所にミカリスと逃すことができないだろうか。

「それにしてもひどい話だ」

「それはニコルイが……ですか？」

「いや、ひどいのはジーマさまだ。子供まで処刑するなんて」

「レヴァンさま、そうした発言はおひかえください。先代の子であるあなたさまがジーマさまへの不満を漏らしたら、国が乱れる原因になります。せっかく平和になりかけているのに」

「だがこれがおれの望んだ平和な国家か？」

「お気持ちは痛いほど理解できます。でも……反抗すればあなたさまも、どうなるかわからない気がします。私としてはあなたさまにずっとお仕えしたいと思っています。ですからどうかお気をつけてください」

いつどうなるか——それはつまり、レヴァンも王位継承の資格があるからということだろう。万が一にでも、レヴァンが国王の座を狙ったら、彼は容赦なくこちらに刃をむけてくるつもりだ。

それでいいのか？　このままジーマが国王になっても。

——おれが反乱を起こせばいいのか？　いや、それはリスクが高すぎる。せっかく平和になったのに、また国内を内戦で荒廃させるようなことはしたくない。それにおれが負けてしまったら、ニコとミカリスを生かす道も消えてしまう。

どうしていいかわからず頭のなかが混乱していた。

結局、ニコはミカリスとともに故国に護送されることになった。ワラキアとの友好の証として、ジーマの新しい花嫁候補に選ばれたパーシャも一緒に。

「王妃か。悪くないね。ジーマさまって元聖職者だから今まで結婚してなかったんだね。けっこうなジジイってのが嫌だけど、友好のためにも、ぼくががんばんないとね」

そう言いつつも、パーシャはあまり乗り気ではなさそうだった。

——友好のためとはいえ、パーシャはジーマさまと結婚して幸せになれるだろうか。脅されたといって男娼館の館長を処刑し、自分の息子かもしれないオメガも殺してしまうような人物……。

故郷にもどれる喜びよりも不安のほうが大きかった。

今回の旅は危険な山脈越えではなく、船で黒海を横切る安全なルートが選ばれた。

途中で別の国の入江を通るため、これまでは船での移動は無理だった。けれどジーマが新王に即位し、即座に平和条約を結んだらしく、船で移動できるようになったとのことだった。

——ワラキアとも他の国ともすぐに国交を結んだのか。ジーマさまは、一応、やり手の政治家ではあるな。

ニコとミカリスとを一緒の部屋に閉じこめた。ただしモルダヴィアに戻ったあと、ふたりは引き裂かれる運命だ。

春先なので風は強かったが、天候は荒れることなく船は海原へと出た。

彼方《かなた》まで広がっている大海原が明るい光に包まれている。

黒海の水面が太陽の光に照らされて金色の光を反射させながら、夕焼けに赤く染まった空に流れる雲をくっきりと映しだしている。

――こんなにも美しいのに。現実世界は血腥《ちなまぐさ》いことばかり……。

人間社会の出来事と違い、美しい夕空のもと、雪をまとった故郷の山脈の裾野《すその》が地平線の果てとつながっていた。

故郷はとても美しい。貿易の要衝でもあり、鉱山資源が豊富ということもあり、他国からの侵略、さらには国内でも政権争いばかりくり返されてきた。

船が港に着く一時間ほど前、レヴァンはニコとミカリスの部屋を訪ねた。

ニコは憔悴した様子だったが、ミカリスはすやすやと眠っていた。

「ミカリスはガロンスキーの子供のようだな。きみがあいつの愛人だったなんて」

「ちが……」

「ジーマさまともできていたそうだな。男娼館で、ふたりがきみを争って刃傷沙汰も起きたようじゃないか。そんな清らかな顔をして魔性のオメガだったとは。おれもだまされたものだよ」

ニコは目を真っ赤に泣きはらしていた。

「ぼくもわかりました。ジーマさまはガロンスキー以上の悪人なんですね。ニコルイに堕胎しろと金を渡しておきながら、子供を連れていった館長ごと殺害するなんて」

「ニコルイは自分のことじゃないか。最低だな、まさかガロンスキーともジーマさまとも」

「嫌いになりました？」

ニコの問いに、あのときの言葉が頭の中で反響する。

嫌いになったら捨てて――と。それはやはりこのことだったのか。

「ああ」とうなずいた瞬間、ニコは静かにほほえんだ。それこそ天使か聖母のように。

「なら、約束通り捨ててください」

あまりにも透明すぎてその顔をめちゃくちゃに殴り倒したくなった。もちろんそんなことはしないが、その代わりレヴァンは言葉でニコを思い切り殴っていた。

「おまえは本物の魔性のオメガだな」

「……本物？」

「一体、どんな神経をしているんだ。いつも初々しく、傷つきやすそうな顔で切なそうにおれを見ながら、愛していると言いながら……それとも誰でもそうやって虜にして、堕ちた男の数を自分の武勇伝にでもしているのか」

ミカリスを売るのかと訊いたとき、愛しているから売らない、自分の光だと答えた。

そんなニコを愛しいと思った。だが、ニコが男娼をしていたことが身分証に記されていて、どうしていいかわからなくなったとき、ニコは、ミカリスとレヴァンを愛して生きていくと言った。

だから彼の過去を忘れ、改心した今の彼を愛していこうと思った。けれど……。

「悪魔は天使の顔をしているというのは本当だ。おれはおまえという悪魔に三度だまされた」

「福音書――Evangelium Secundum Lucam ですか」

冷ややかにラテン語混じりにかえしてきたニコの言葉にレヴァンは眉をひそめた。こんなときにまったくどうでもいいことだが、ラテン語を知っていると言っていたのを思い出した。

「そうだ、悪魔はイエスを三度誘惑する……」

「……」

「ジーマさまは、おまえに憎しみすら抱いているようだ。これまでのおまえの行いを審問会にかけるつもりのようだ。有罪が確定したら、せめて流刑にしてやりたいところだが、おまえは魔女として処刑にされる可能性もあるだろう」

「いずれにしろそういう運命なんですね、ぼくは」

「そうだ、もう死を待つだけだ」

「……わかりました」

とうに覚悟していたようにニコは静かに答えた。

どうして言い訳しない。どうして受け入れる。どうしてそんなふうに無表情なのだ。

ああ、殺してやりたい。この手でズタズタにしてやりたい。

こんな愛らしい顔をして、多くの男を手玉にとって、子供を売ろうとして……そんな男を自分が愛してしまったなんて信じられない。

「ニコっ、なんとか言え、言い訳もないのか。おまえを愛したおれを心の底で嘲笑《あざわら》っていたのならそれはそれでいい、正直にそう言えば、せめてどこかに逃がすことも」

ニコはじっとレヴァンを見あげた。大きな眸に涙を溜めている。

「あなたは……ぼくを愛したのですよね」

「そうだ」

「あなたは……一体、どこにいるぼくを……どのぼくを愛したのですか」

その言葉の意味がわからず、レヴァンは苛立ちをぶつけるように言った。

「いずれにしろ、おまえは審問会にかけられ、処刑されるだろう。その前に、ガロンスキーの遺児を始末することになるだろうが」

わざと彼の気持ちをたしかめるように言ってみた。

「――っ！」

ニコの顔色が一気に青ざめる。自分の処刑の話のときは、とうに覚悟していたかのように一ミリも表情を変えなかったのに、ニコは絶望を剝《む》きだしにしてレヴァンにすがってきた。

「お願い、だめ、助けて、ミカリスはガロンスキーの子供じゃない」

「嘘をつくな。金を要求し、ひきわたすと契約書までかわしておきながら」

思わずニコの手を払った。彼は床に倒れたものの、そのままレヴァンの足にすがりついてくる。

「ミカリスがガロンスキーの子なら助けるのは無理だろう」

ニコの手をほどき、レヴァンは眠っているミカリスを抱きあげた。

「違います、違う、違うっ、その子はガロンスキーの子供じゃない、ただ騎士団長を脅していただけ。その子は……」

レヴァンの手からニコはミカリスを必死に奪いかえそうとする。目を開けたミカリスは、ふたりが遊んでいるのと勘違いしているのか「だあ、だあ」とほほえむ。

悪意のある人間には泣き叫び、善意のある人間にはほほえむ。ミカリスのそんな特別な力も忘れてレヴァンはニコの手をもう一度払った。

「ニコ……往生際が悪いぞ」

「やめて」

「無理だ。ガロンスキーの遺児を生かしておくことはできない。禍《わざわい》の種だ」

「遺児じゃない、調べれば証明されます」

「ジーマさまがそれを許可してくれるかどうか」

「血液鑑定をしてください、お願い。そうしたら違うことが証明されますから」

ガロンスキーの遺児なら、彼と同じ色になる。そうでないのなら、殺すわけにはいかない。

薬草を持っているのはジーマだけ。血液鑑定をするのは骨が折れるだろう。だが。

「ジーマさまにたのんでみるつもりだ。無実の子を殺すわけにはいかないからな」

「本当に？」

「ただし、検査ができる薬草はジーマさまが管理している。説得できなければ……」

「お願いっ、ぼくは……なんのためにこれまで……」

「なんのために？」

「自分の命なんていらない、殺すなら殺して。ニコルイ・パノフの罪は全部自分が背負うって決意している。だからなんでも受け入れるから」

お願い、お願いとニコがすがってくる。あまりの激しさに圧倒されながらも、罪は全部背負う決意という彼の言葉にこの身を引き裂かれそうだった。

「では認めるんだな。ガロンスキーともジーマとも関係を持ち、子供を売り、ルーシのスパイ行為もしてきた罪を」

ニコは唇を引き結び、涙でほおを濡らしながら「はい」とうなずいた。

「認めます、罰も受けます。ですから、ミカリスの検査をしてください。その子はガロンスキーの子ではありません。その子はただのアルファ。この世に生を受けたその尊い命をどうか摘み取らないでください。すべての罪も罰もぼくが受けますから」

お願い、お願い……と泣き叫ぶニコの声に呼応するようにミカリスもぐずつき始めた。ニコはミカリスを抱きしめ、絶望的な声で泣き始めた。

胸が痛い。冷たい石を身体のなかに閉じこめられたように重くて悲痛な泣き声。こんなにも哀しい泣き声を初めて耳にした。あまりにも痛くて、レヴァンはそれをふり払うように問いかけた。

「では誰との子なんだ」

ピクッとして泣きやんだものの、ニコはうつむいたままだ。答えられないのか。

「船が着くまでミカリスをここに置いておく。だが、そのあとはあきらめろ」

どのみち騎士たちにも自分にも子供の世話など無理なのだから。港に着いたら、首都には連れていかず、オメガが手放したアルファの子供たちをあずかってくれる尼僧院に保護をたのむ予定だ。

王城に連れて行けば、審問会や検査の前に殺害されてしまう可能性が高い。

「まあ、いい。おまえに信頼されていないのがわかって残念だよ、ニコルイ。おれのなかのおまえへの愛は消えた」

「あなたの愛……そんなもの、あったのですか」

ひどく冷たい声で問いかけられる。

「あなたは、誰を愛したのですか？」

さっきもそんなことを問いかけてきた。意味がわからない。

「おれだって知りたい、おれが誰を愛したのか。あちこちでおまえを抱いたアルファたちの評判を耳にした。それはおれの知っているニコじゃなかった」

「……」

「金さえ払えば、ニコルイはどんなことでもやらせてくれるそうじゃないか。身分が高ければ高いほど、言いなりになってくれる。嗜虐行為でも。最低の男娼、セレブなアルファのゴミ処理場」

ニコの目に怒りがはしる。

「ひど……ニコルイがそんなふうに言われていたなんて」

「ニコルイはおまえのことだろう、なにを他人事のように」

「え、ええ、ぼくです。でも少なくとも一生懸命生きていた。悪いところはたくさんあったし、共感できないところも。でもでも……アルファだからといって、ニコルイを抱いた人間に蔑まれる理由なんてない。最低ですね、あなたたちは。オメガを金で抱くことで、性欲を吐き捨てる下劣なアルファにバカにされるいわれはないです」

ニコははっきりと言った。レヴァンは鋭い目で彼をにらんだ。

「アルファにオメガを蔑む理由なんてない。人はみんな平等です。オメガだってベータだってアルファだって。むしろオメガをそんなふうにしか言えないアルファのほうが最低です。最低で、愚かで、どうしようもないのはあなたたちのほうだ」

「どうしようもないだと、バカなことを」

そう言いながらも「そうかもしれない」と思う自分がいた。そう、平等だと思う。レヴァンは金でオメガを買ったことはない。そういう行為をしたいと思ったこともない。

「バカなのはあなたです。絶望や怒りをおさえたいのに腹が立ってしょうがない。それにおかしい。笑いたい。あまりにもバカバカしくて」

ニコは声をあげて笑った。おかしい、おかしくてどうしようもないといった様子で。

「どうせ、ぼくは薄汚れた男娼です。ミカリスはそんな男娼から生まれた父親のわからない子供。ガロンスキーなんて関係ない。ぼくを抱いたアルファ全員を脅していました。全員が父親だ」

「支離滅裂だ」

「誰の子供でもない。誰の血も引いていない」

「聞いた話だと、きみを抱いたアルファは数百人いると」

「ええ、そうです。ぼくは誘発剤を飲んでいました。だから誰の子供でも孕めたんです。数百人調べなければ、ミカリスの父親はわからない。でも残念ながら、その半数以上が、あの戦争と疫病で死んでしまいましたよ。だから調べようがない」

「そんなに……。おまえを愛しいと思った自分が情けない。穢らわしい、最低のオメガだ」

「最低なのはあなたも同じです。ぼくは……ぼくは……あなたが平和な社会を築きたいと言った気持ちに感動したから、一緒に働こうって、一緒に働いて欲しいと思った。だから好きになった。ぼくと同じ気持ちだと思ったから。それなのに、ジーマさまのいいなりだなんて。彼はガロンスキーと変わらない。いえ、もっとひどい。罪もない幼子を殺す人間に平和な社会が築けるとは思わない」

それはレヴァンも思っていたことだ。次男の件もミカリスの件も。

「あなたはそれでいいんですか。本当に？　ジーマさまの下で生きていけるんですか？」

いいとは思わない。ジーマの下で生きていけるとも思わない。ジーマが今のまま変わることなく、国王に即位したら、国家はいずれどこかからひび割れてしまうだろう。だが自分が次の国王候補としてジーマを倒すのか？　そのためにまた戦争を起こすのか？

「政治のことはすぐに答えを出すことはできない。だが、ミカリスに罪がないことはわかっている。

本音を言えば、ガロンスキーの子であろうとなかろうと助けたいと思っている。おれの命をかけても。さっきも言ったように彼の子でないと証明されるなら、なおのことだ。ジーマさまと敵対することになってもミカリスは守る」

本心だ。子供を守ることのできない社会など、レヴァンの望んだ世界ではない。

「本当に？　さっきはガロンスキーの遺児は生かしてはおけないって」

「ああ、ジーマさまから命令されている。だがきみの言葉で目が覚めた。おれが望む世界は罪のない赤子を殺すような社会ではない。ガロンスキーの遺児でも、そうでなかったとしても同じ」

こうして言葉にしていくうちに、これまでの気持ちが少しずつよみがえってくる。自分は何のために生きているのか。何のために脱獄し、さまよっていたのか。

「ミカリスはしばらくの間、港町にある尼僧院にあずけよう。おれが育った施設だが、国王でも許可なく入れないほど警備が厳重だ」

「知ってます、アルファの子供たちを育てている有名な尼僧院ですね。ではあなたはミカリスを守ってくれるのですね」

「ああ。父親代わりになると決めたときから、ミカリスを守るのはおれの役目だ。おれがそうしたいと言って、きみにプロポーズしたんだ。その気持ちに偽りはない。ミカリスはおれの子だ、そしてきみはおれの家族だ」

ミカリスはおれの子――レヴァンがそう告げると、ニコはそれまでの緊張感から解放されたように脱力し、ぺたんと床にひざから崩れ落ちる。

「よかった、その言葉に救われました。あなたはやっぱりぼくが愛し……」

「やっぱり?」

「あ、いえ、なんでもありません。ミカリスの親で、ぼくの家族でもあるあなたを信じて、ぼくのたのみを口にしていいでしょうか」

ミカリスの親。ニコの家族。それは何という心地いい言葉なのか。ああ、自分はミカリスの父親なのだ。そしてニコは母親。三人は家族なのだ。胸が熱くなり、泣けてくる。

「レヴァンさん、あなたしかダメなんです。あなたしかいないんです。ミカリスの命をたくせるのはあなただけ。どうかお願いします、ミカリスを守って。ぼくが処刑されたあとも、ミカリスには長い人生があります。その人生をあなたに」

ニコは力強くレヴァンの手を両手で包みこむようににぎりしめてきた。

「わかった、聞かせてくれ」

有罪になどさせない、きみが助かる方法も考えるつもりだと言いたかったが、まずはニコのたのみの内容を聞かなければ前に進めない。

「尼僧院と同じ港町の、北のはずれにある修道院の地下に行ってください。王城に行く前に。そこでさがして欲しいものが」

「少し距離があるな。そこに寄るとなれば、おれは遅れて王城に着くことになる。そうなったらきみの身の安全は」

「大丈夫です、審問会は、公開の場で行われるものですよね。委員会の話しあいもあるはず。早くても刑が確定するのに一週間はかかりますので、すぐにどうこうならないと思います」

「できるだけ早く用事をすませてこよう。修道院の地下になにがあるんだ」

ずいぶん教会の事情にくわしい。ラテン語もできるようだが、異端の裁判についても知己があるとは。なにか大事なことを見落としていそうな不安が胸を覆っていたが、今、それを冷静に分析する余裕はなかった。

「図書室の本棚の下にふたつの箱があります。そこには子供たちの大事な秘密が」

「ふたつ？」

「はい、ひとつはニコルイの子——三兄弟のもの。もうひとつは、この子の命を狙う人間の指輪。あなたがジーマさまに心酔していたら伝えることはできませんが、そうではなく、あなたはあなた自身の意思で。真実がそこにあります。それを見て、なすべきことをしてください。父親として」

父親としてなすべきこと……。

「父親か。そうだな、父親として最善を尽くそう」

「だあ……だあ……ニコきゅ……パパちゃ……」

ミカリスがニコとレヴァンを交互に見てほほえみかけている。父親と母親と認識しているのだ。

「用をすませたら急いで王城にむかう」

「お待ちしています。でも間にあわなかったとしても気にせず、あなたがすべきことを優先してください。ぼくは覚悟ができています。だからミカリスをたのみます」

覚悟——ミカリスを助けることができても、ジーマ政権下ではニコを無罪にするのはむずかしい。せめて流刑にできないものか。

それ以上、その場にいるのがいたたまれなくなり、レヴァンは彼らの船室をあとにした。

ニコの言葉が頭のなかでこだましている。

——福音書——Evangelium Secundum Lucamですか。

——お願いっ、ぼくは……なんのためにこれまで……。

——自分の命なんていらない、殺すなら殺して。ニコルイ・パノフの罪は全部自分が背負って決意している。だからなんでも受け入れるから。

——あなたは、誰を愛したのですか？

耳の奥で止まらない鐘のように鳴り響く不可解な言葉の数々。彼はなにが言いたいのか。『誰を愛したのか』と何度も何度も訊いてきた。その言葉の意味は？

甲板で頭を冷やしていると、パーシャが声をかけてきた。

「どうしたの、レヴァンさん、死神みたいな顔をして」

「今、おれはとてつもなく機嫌が悪い。話しかけてくるな」

「ねえねえ、そんなことはどうでもいいから、それより、あのひと、覚えてる？ あそこにいる集団のなかの黒いマントのオメガ。戦争が終わったから、あのひとたちも故郷に帰るんだって」

パーシャが指差した方向を見れば、この前、ニコのことを修道士と間違えた老オメガがいた。

「あのオメガのひと、さっき、ニコの姿を見て、やっぱり彼は看護師をしていた修道士さんだと言ってたよ。ニコのおかげで命が助かったと」

「病気で幻覚を見るようになったと聞いた。だいいちそれはベータの仕事じゃないか」

「そうかな。ぼくは、あのひとが一番まともだと思うよ」

「まとも？」

「だってぼくのこと、褒めてたから。ぼくが育てたハーブ、世界一だって、最高のできだって」

「……っ……今、なんて」

「ぼくのハーブは世界一すばらしいってさ。そんなこと言ってくれたの、あのオメガのひととニコだけだよ。ぼくはさ、見かけが派手だから、ていねいにハーブを作っていることなんて誰も気づいてくれないんだけど。あーあ、オメガじゃなかったらハーブ庭園をぼくが継いだのに」

見た目からは想像がつかない中身。ニコもそう言っていた。パーシャの本質は外見とは違うと。

――あなたは、誰を愛したのですか？

ニコの言葉がまた頭のなかで響く。誰を、誰を、誰を？

――おれが愛したのは誰なのか？　おれが愛したニコ……おれが愛したのは。

なにかが見えそうで見えない。つかめそうでつかめない。なにか根本的に大きく違っているような気がするが、それが何なのかわからない。

ただ自分が愛したニコは、噂とは真逆だ。むしろあの老オメガが口にしていたニコという名の修道士に近い。そうだ、十字架を背負ってゴルゴダの丘をのぼっていくような。

――ニコ……おれはなにを信じればいい？　おれが愛したニコか？　おれが愛したニコを見つけたいんだ。おれが愛したニコが欲しいんだ。

一から考えなおさなければ――と思ったそのとき、船がモルダヴィアの港に到着した。

8　ニコの真実

「――ニコルイ・パノフなら、昨夜、処刑されました」

ニコとの約束を果たしたあと、二日遅れで、首都に到着したレヴァンは、ジーマのいる王城には行かずスピロの家にむかった。うかつに王城に行けば、レヴァンの身も危ういかもしれないと嫌な予感がしたからだ。

案の定、到着した一行のなかにミカリスとレヴァンがいないことでジーマが激怒したらしい。

やはりジーマはレヴァンを国王の対立候補として恐れていたようだ。

そしてスピロを訪ねたレヴァンは、そこでニコが処刑されたという残酷な事実を聞かされたのだ。

「処刑？　裁判もなく、処刑を――？」

「はい。ジーマさまの命令で。尋問の結果、悪魔のしもべだという異端の烙印を捺《お》したらしく」

悪魔のしもべ？　だとしたら火刑に？　こんなに早く？

何ということだ、間にあわなかったのか。

「……く……っ」

ニコとミカリスの真実の証拠を集めるのに、どうしても一昼夜以上の時間が必要だった。

港についたあと、レヴァンはそっと一行から離れ、ミカリスを尼僧院にあずけると、ニコが説明していた修道院の地下の図書室にむかった。そして本棚の下にあったふたつの箱をとりだした。

大きな箱と小さな箱。

大きな箱には血液鑑定ができる薬草だけでなく、ニコルイの三人の息子の鑑定の結果が残っていた。劣化しないよう、薬包紙に使う紙で梱包されていた。この国の王冠と、ニコルイにルーシの王から送られてきた手紙も一緒に。

——鑑定の結果では、次男はジーマの息子、長男と三男はルーシ皇帝の子と記されている。

ではミカリスはニコとルーシ皇帝の子供?

ガロンスキーの子ではなく?

予想もしなかった結果に頭が真っ白になったあと、さらに別の疑問が胸に湧き、レヴァンは冷静さをとりもどした。

『この筆跡、ニコと違う。それにルーシの皇帝と関係があったなんて……ありえない。彼からはそんな気配はみじんも感じなかった』

このルーシ皇帝の側近からの手紙。難解なルーシの言葉なので半分ほどしか理解できなかったが、これによると、ニコルイは故郷のルーシで王族になるつもりだったらしい。

——皇帝の子と証明されたら、約束通り、きみを王族として迎える。ガロンスキーを罠にはめる計画も大賛成だ。子供に会わせるとだましておびき寄せろ。自分の子と信じてのこのこと現れたところを迎えうつ。その功績はさらにきみの地位を保障するだろう。きみとルーシの血を引くというきみの友人も国民として迎える。看護と薬草の知識があるベータは大歓迎だ。

そのようなことが記されていた。それを解読しているときに、先日のパーシャの言葉がよみがえってきた。

——あのオメガのひと、さっき、ニコの姿を見て、やっぱり彼は看護師をしていた修道士さんだと言ってたよ。ニコのおかげで命が助かったと。

さらにその前に、老オメガから聞いた言葉も。

──いえ、ここのニコさんです。どんな境遇の男娼であろうと、どんなに汚れた人生を歩んだオメガであろうと、彼だけは拒むことなく手を差し伸べてくれて。哀しいオメガたちが人間らしい最期を迎えられたのはニコさんのおかげなんです。

その言葉を聞いたとき、それこそがレヴァンの知っている「ニコ」だと思ったのだ。性悪の男娼、犯罪にも手を出していた強欲なオメガ──という噂や彼が持っていた身分証よりも、妄想ばかりを口にしているという老オメガの言葉こそが。

そうだ、それがおれの知っているニコに一番近かった。と思ったとき、ニコの言葉がまたレヴァンの頭の奥で鳴り響く。

──あなたは誰を愛したのですか？

誰を、誰を、誰を愛したのか──おれが愛したのは──!

その瞬間、レヴァンの全身を落雷にも似た衝撃が通りぬけていった。

これまで霞んでいた霧が一気に晴れわたり、閉ざされていた扉がひらかれていく。それこそ見えなかった輪郭が手にとるように、真っ暗な闇が光に照らされるように。

──ニコ……そうだったのか、きみは。

ルーシの血を引く友人。看護と薬草の知識のあるベータ。

そうだ、そうなのだ、こっちが本物のニコなのだ。だが、どうして彼があの身分証を持ち、赤ん坊を育てていたのか。

では、ニコが命がけで助けようとした「ミカリス」は、ルーシの皇帝の子なのか？　と思ったが、その答えは、もうひとつの小さな箱に入っていた。

ジーマの指輪。それから急いで書き殴ったようなメモ。ニコの筆跡のものだった。

——ガロンスキー。ジーマ。ふたりが共通して恐れる相手。三月一日。

ハッとしてレヴァンは尼僧院に行き、事情を説明して残っていた薬草を使ってミカリスの血液検査をした。

そしてミカリスが誰の子なのか、ニコが守ろうとしていたものが何なのか——理解した。そのときあのオメガを思い出した。

——疫病で亡くなられたと聞きましたが、生きかえられたのですね。

その言葉が気になる。

レヴァンは船で一緒だった老オメガのいる病院に行って、もう一度、彼の知っている「ニコ」について尋ねた。それからこれまでに疫病で埋葬された修道士のリスト、書類、街の人々の証言、生き残った男娼館のオメガの証言と次々とたしかめていった。

それだけのことをしているうちに二日が過ぎていった。だがまさかそのたった二日の間に処刑されたなんて。彼は無実だ。せいぜい身分詐称だけ。しかもそれには深い理由が。

——ニコ……！

絶望で目の前が真っ暗になる。自分の愚かさが憎い。どうしてもっと早く気づかなかったのか。地獄に突き落とされ、火の海で焼かれたい。

「もう……遅いのか……」

「お気をたしかに。大丈夫です、まだ間に合います。生きている可能性があります」

「だが、異端審問会が悪魔のしもべと判断した場合は火刑に……」

「ええ、ですが、火刑ではなく、今回は生き埋めなので」

「場所は？」

「カタコンベです」

カタコンベ——王城の近くにある地下の共同墓地だ。重罪人はそこに生き埋めにされることもある。ヒッタイトやエジプトから伝わってきたという処刑方法だが、窓も扉もすべて閉ざして封印し、そこから二度と出られないようにするのだ。

「神よ、カタコンベなら……まだ」

「はい、水と食べ物なしでも最高で十九日生き延びたという記録があります。ただ彼の場合、尋問を受けて弱ってしまったので、長くは持たないと思いますが」

ニコはジーマの命令で、首都に到着した当日、尋問されたらしい。

ふだんの公開裁判の形での尋問ではなく、秘密裏に。しかも彼の身体のなかに悪魔のしもべかどうかたしかめるのだと、全身でムチうたれ、水責めにあわされ、鎖で縛りあげ、さらには眠らせず。その後、悪魔のしもべと判断され、ジーマの命令でそのままカタコンベに生き埋めに。

「ジーマさまの命令で？」

「私は反対しました。公開裁判を、と。他の重臣もそう進言しましたが、逆に全員が謹慎処分に。私にいたっては、あなたとミカリスを連れてこなかったとして財産没収を言い渡されました。あなたも命令に背いた反逆者として懸賞金がかけられています」

「おれも？」

「はい。あなたが生まれた事情を知るというオメガ……先代の愛人だった男が現れ、出生の秘密とやらをジーマさまに伝えたらしく」

出生の秘密――レヴァンが王太子の双子の弟だということだ。厄介なことになった。ジーマは自分の邪魔になるものとして、レヴァンを消すつもりだ。こんなに性急にニコを生き埋めにしたのは、レヴァンをおびきよせる罠かもしれない、

「そうか。そういうことか。おれのとるべき道はひとつしかないわけだ。この国を守るため、この世界の平和のため」

「重臣たちもあなたに期待しています。このままだと恐ろしい独裁政権に国がめちゃくちゃにされてしまいます。我々が望んだ国家はこれではありません」

たのもしい言葉が嬉しかった。彼らの思いがレヴァンの背を強く押してくれる。

「スピロ……聞いてくれ、おれの計画を。この国を守るために」

「わかりました、何でもお命じください」

「おれは王城とは反対側の道からニコを助けにいく。その間に、今回、謹慎処分にあった重臣たちを集め、おれのいた第二騎士団の生き残りに声をかけ、今から話すことを実行してくれ」

「わかりました。それではあなたは」

「ああ、勝ちとりにいく」

勝ちとる、つまりこの国の王になる。
愛するもの――ニコとミカリス、それからこの国を守るため。

自分がこうあって欲しいと願った平和で幸せな国家を造るため、レヴァンに残された道はひとつしかない。

いや、おそらく神がそういう使命をレヴァンに背負わせようと考えているのだろう。

なぜ王太子ではなく、自分が生き残ったのか。本来、生まれてすぐに殺されるところだったはずが、今、こうして生きている意味。

逃亡先でニコと出会った。そしてミカリスの父親になろうと決意した。

すべては神が描いた物語の道筋をたどっているかのようだ。最初から決められた役目を人生全体で受け止めて。

——なによりも早くニコを助けなければ。拷問されて弱っているのだとしたら一刻を争う。

レヴァンはスピロと打ちあわせたあと、ひとり、馬に乗って夜陰にまぎれてニコが閉じこめられたというカタコンベの裏口にむかった。

王城の地下から首都の郊外まで十数キロに続く地下道。全体が墓所になっているそこには所狭しと多くの白骨が並べられている。ここ数年の内戦もあり、以前にも増して多くの人間の墓場になっていた。入り口付近には最近の遺体もあった。

この身に懸賞金がかけられてしまった以上、正攻法で王城から忍びこむことはできない。ジーマを倒してからでは遅い。一刻を争う。ニコが死んでしまう。

あとは郊外から十数キロの地下墓所を進むしかない。

——この道の先にニコがいるのか。おそらく王城のすぐ地下だろう。

馬では無理だ。明かりはない。火を使うと、地下から湧きでる硫黄ガスのせいで爆発する箇所がいくつかあるらしい。なので松明も蠟燭も無理だ。墓守たちが墓所に入るときに使用する発光石を何とかひとつだけ手に入れ、レヴァンは奥に進んだ。

「ニコ、どこだ、どこにいるんだ！　ニコっ！」

真っ暗でなにも見えない空間にレヴァンの声が響くが、地下の墓場の壁にぶつかった自分の声が反響してもどってくるだけだ。

どのくらいの距離なのかわからない。硫黄ガスを吸いすぎると中毒死することもあるし、ところどころ、深い穴があり、落ちてしまうと命はないらしい。下手をすると、レヴァンもニコと共に生き埋めになるかもしれない。

最悪の場合のことはスピロと重臣たちに頼んでおいたが、何としてもそれだけは避けたい。

——ニコ……本当にすまない、おれはきみのことをちっともわかっていなかった。オメガでなかったなんて想像もつかなかったのだ。

ミカリスのために罪をかぶる覚悟で。ミカリスを命がけで守り、育てていたとは。

彼の強い決意と覚悟に気づかないまま、レヴァンは自分勝手な夢を見ていた。彼の伴侶になって、連れ子の父親になって、みんなで幸せな家庭を築くという夢を見ていたのだ。

どうしようもないほど彼を愛したから。

それなのに彼を信じなかった。邪悪で、どうしようもない淫乱で、強欲なオメガだと思いこんでしまっていたからだ。

魔性のオメガ——ニコルイ。

一度寝たら、誰でも彼の虜になり、人生を狂わされていく。うわさだけではなく次から次へと出てくる証拠も、彼が「魔性のオメガ」だと証明するもの以外はなかった。

――けれど……違った。……本当の彼は……。

誰も彼のことを理解していなかった。思いだすたび、ニコのあの祈るような言葉の数々が鋭い刃となってレヴァンの胸を抉る。

――ぼくが……オメガでなくても……欲しいと思いますか？

――本当に？　本当にぼくがベータやアルファでも？

――あなたは、誰を愛したのですか？

こうしてふりかえると、心のどこかで真実に気づいて欲しいという彼の儚い祈りがこめられていたのがわかるのに。おれが気づかなければいけなかったのに――。

ベータだと知らないままでも彼を抱いたことのあるレヴァンだけが、彼を愛したレヴァンだけが真実に気づかなければいけなかったのだ。

レヴァンが知っているニコを信じればよかったのだ。そうするだけでよかった。

今さら後悔しても遅い。でも今からでもとりもどしたい。

「ニコっ、答えてくれ。おれの声が聞こえるなら、どうか！」

ニコ……。この暗闇のむこうにきみがいるのか。

ニコに会いたい。ニコ、きみに謝りたい。そして伝えたい。万が一、ここから出られなくなったとしても、最期の瞬間まできみを抱きしめ、愛していると伝えたい。

「ニコ……ニコ……どこにいるんだ」

「ニコ……ニコ……どこにいるんだ」

遠くから自分を呼ぶレヴァンの声がニコの耳にうっすらと聞こえてくる。ほんの小さなささやきのような声だけど。

ひんやりとした風がほおを撫でていく。誘われるようにニコはまぶたを開けた。深い眠りのなかにいたらしい。

ジジ、ジジ……と音を立てて蠟燭の火が揺れている。この音をレヴァンの声とまちがえたらしい。ずっと彼の夢を見ていたから。

「……ん……」

この半地下の牢獄に閉じこめられ、もうどのくらいが過ぎたのか。

小さなロウソクが一個あるだけの小さな独房。石の壁、ベッドと呼ぶのも粗末な木の台、部屋のすみには、むきだしになったトイレと水場。

天窓からうっすらと月の光が入ってくるが、板で封印されているので光はほとんど差しこまない。扉のほうに隙間があるのか、時々、冷たい空気が入りこんでくる。

鉄製のドアの小窓から外を見れば、白骨がぎっしりと積みあげられていた。そこから地下のカタコンベになっているらしく、白骨だらけの渦巻状になった階段がどこまでも下のほうに続いている。真っ暗で深い奈落のように見えた。黴《かび》のにおいが充満し、蜘蛛の巣と埃《ほこり》のせいで胸がつぶれそうで気分が悪くなってしまうほどだ。

王城に着くなり、一昼夜、ニコはひどい尋問を受けた。

多少のことは覚悟していたが、想像以上だった。

いろんな権力者との関係や、指輪がどうの、それからルーシのスパイではないかなど、訊かれたがなにも答えないでいると、拷問が始まった。

ムチでうたれ、縛られ、水責めにあい、失神してしまうとさらに水をかけられて。きっとこのまま死ぬのだと思った。

いつしか意識を失い、気がつけば、この地下牢の床に転がっていた。ここに運ばれてくる途中、誰かが話す声が聞こえてきた気がする。

『この男、私の愛人だったニコルイじゃない。修道院にニコルイとよく似たベータの修道士がいると聞いていたが、そいつだ。身分証がまちがっている。別人を連行し、拷問したとなれば大問題だ。修道会に知られたら、私が異端とされてしまう。悪魔がニコルイにとりついていたとして、カタコンベに生き埋めにしたと報告しろ。窓から様子を見て、死んだらカタコンベにそのまま放り投げてごまかすんだ』

耳元に残っている声。

ここにニコを運んできたのは、ジーマだ。彼はニコルイの顔を知っている。ニコを見て、偽物だと気づいたのだ。

『レヴァンが夢中になっているようだが、たしかにベータにしては惜しい美貌だ。尤も、私はベータにはそそられないが。レヴァンと心中させてもおもしろい』

そんな会話を何となくおぼえている。

そして暗い地下通路の奥にあるカタコンベに続く地下牢に閉じこめられた。床で目を覚ましたあと、ニコは壁に手をついて身体を支えながら、ベッドへと移動した。木の台にぐったりと身を横たわらせ、目を閉じると、そのままずーっと意識が遠のいていったのだ。

そのあと、ずっとレヴァンやミカリスとの楽しい時間の夢を見ていた。だから彼の声が聞こえたように感じたのだ。

ジジ、ジジ……という蠟燭の音を聞きながら、ニコは目を細めた。

ひんやりとした冷たい木の感触が背骨や腰に痛い。あちこち怪我をしていてヒリヒリもしている。けれどもう動きたくなかった。このまま石と化して眠りにつきたい。

——もう動くことができない。ここで死ぬんだ、ぼくは。

ミカリスを助けたときから覚悟していた。

光を浴びていた微笑。そのほほえみがあまりにも美しくて胸が切なくなった。

この子を守りたい、もっともっと幸せな笑みが見たい。たとえ犯罪者になったとしても。そう思った気持ちは今も変わらない。

『ニコきゅ……ニコきゅ』

レヴァンさん、守ってください。お願い、あの子を。

——静かに、静かに命が尽きるまで祈りつづけよう。もういい、これでいい、ぼくの人生はこれで。もう十分、幸せだったから。だから神さま、早く召してください。

レヴァンさん、ミカリスをお願いします、ここに来なくてもいい、心中することになってしまうから——と朦朧《もうろう》とした意識のなかでレヴァンに話しかける。

そのとき、また聞こえてきた。自分を呼ぶ声がはっきりと。

「ニコ……ニコ、ここにいるのか」

間違いではない、レヴァンの声だ。ニコはハッとした。落雷を受けたように、一気に意識が明確になった。助けに来てくれた？　どこだ、どこから声がするのか。

「レヴァ……さ……っ……」

起きあがることができない。扉の向こうで彼が名前を呼んでいる。果たしてここだとわかるのか。もしかすると彼が通り過ぎてしまう。

何とか起きあがらないと。そう思うのに、まったく身体に力が入らないのだ。

必死に声を絞りだす。

「レ……こ……」

ここです、と言おうとするが、また意識が遠ざかりそうになる。

起きあがりたいのに力が入らない。息をしたくても呼吸ができない。重い棒になったように身体がまったく動こうとしない。このまま死ぬのだ、自分は。

いやだ、会えないなんて。近くまできてくれたのに、会うことができないなんて。せめて最期にありがとうと言いたい。愛しているって。

会いたい、レヴァンさんに会いたい。そう思ったとき、扉がひらいた。

「ニコ!!　ここにいたんだな」

「…………」

レヴァンが近づいてくる。彼に聞こえたらしい。窓からの淡い月の光が彼にかかり、ニコの顔に影を作る。

「ニコ……こんなになって」

絶望的なレヴァンの声がぼんやりと聞こえてきていた。地面に膝をつき、彼がゆっくりと自分に腕を伸ばしてくる。

ああ、レヴァンさん。ニコはうっすらと目をひらき、彼に微笑した。

背中に腕が伸ばされ抱きよせられると、レヴァンが涙を流しているのが分かった。

「ミカリス……は…」

かすれた声が出た。蠟燭の燃える音よりも小さかったけれど。

「無事だ」

よかった、ニコはうっすら微笑した。

「きみは……ニコルイではなかったんだな?」

彼が手を伸ばし、ニコの前髪をかきわけ始めた。

「ニコ、ハーブ水を。薬の代わりになる」

レヴァンが慎重にニコを抱き起こし、持ってきた筒を口元に近づけてハーブ水を飲ませようとする。

だが弱っていて飲むことができない。それでもレヴァンが口に含んでくちづけしながら喉の奥に流しこんでくれたおかげで、少しだけ飲むことができた。

「ニコ、すまない、とっくに答えは見えていたのに、気づくのが遅くて。おれの愛しているニコはニコルイではない。最初に天使か聖母だと思った。それが真実だ、それだけが」

涙が溜まってくる。このひとは気づいてくれた。真実のありかに。

「ようやくわかったんだ、きみの真実が」

「……」

「あの子が光だと言ったな。きみは修道院の患者たちの話だと、聖母か天使かキリストのようらしい。きみは殺されかかっていたあの子を助けようとしたんだな。それがわかった」

「……わかった？」

「あの子は検査の結果、おれの子、おれが父親だという結果になった」

「え……あなたの子……だったのですか」

驚きのあまり、ニコは弱っているのも忘れ、自ら起きあがろうとした。もちろん力が入らず、レヴァンに再び背をかかえられることになってしまったが。

「まさか。おれが抱いたのはきみだけだ」

レヴァンは苦笑し、ニコのほおにそっとくちづけした。

「あの子はおれの双子の兄の子だ。おれとまったく同じ血の持ち主。瓜二つの兄。おれが守ると約束した兄の子以外、おれの息子という結果にはならない」

「あ……っ」

そうだったのか。あのとき、だから殺されそうになっていたのか。

「ミカリスは……王太子妃さまの産んだ子なんですか？」

「ああ、兄夫妻の忘れ形見」

「よか……た……あの子……殺されかかっていて……」

「ああ、ジーマのしわざに見せかけ、殺されそうになっていたんだな、ガロンスキーに。きみの残したメモがヒントになって、すべての状況が理解できた。可能なかぎりの証拠と証言を集め、重臣たちに示した。今、ジーマを犯罪者として逮捕するよう動いている」

「……よか……った」

「その後、おれが王になる。ミカリスはおれの息子、王太子として育てる」

「あ……っ」

レヴァンが王に。そしてミカリスが王太子に。

なんという、なんということだろう。ああ、これで、これでもう思い残すことはない。呼吸が少しずつ苦しくなっていく。息を吸うことも吐くことも苦しい。

「……っ……」

「レヴァンさ……」

「しっかりしろ、ニコ!」

このままここで息をひきとるのも幸せだなと感じた。レヴァンに見守られながら。こんな幸せが他にあるだろうか。

「これで……いい……」

「え……」

「ぼくの人生……この先のこと……考えていなかったから」

「ニコ……」

「これでいいんです……ぼくの人生……」

もう行ってください。そしてミカリスを父として育ててください。あなたが国王になるのなら、平和な世の中になるとわかっていますから。

ぼくはもういいから。あなたがここにきてくれただけで十分幸せだから。

こんなにも静かでおだやかな気持ちは初めてだと思った。

「ありがとう……愛してくれて……」

「ダメだ、ニコ」

「ありがとう、ありがとう……」

レヴァンが国王になり、ミカリスが王太子になる。そして平和な社会になる。

その姿をこの目で見られないのは少し残念だけど、でもいい。

自分はそこまでしか考えていなかった。ベータとしてオメガのふりをして生きてきた罰を受けるつもりでいたから。

清々しい気持ちだった。とても幸せな。だが、そのとき。

「死なせない、きみが死んだらおれも死ぬ」

「レヴァンさ……」

「だから諦めるな、絶対に諦めるな。生きて、生きてくれ。でないとおれも生きていけない。ダメだからな。きみが死んだらおれも死ぬ。だから生きろ」

レヴァンが懸命にさっきのハーブ水を飲ませようとする。この香りと味は命をつなぐ薬草のものだ。

その雫が喉から胃へじわじわと溶けていくにつれ、弱って力の入らなくなった肉体にほんの少し力がもどる。

「……」

「生きて、おれを守って、おれを支えろ。でないとおれも死ぬ。きみがいないとダメなんだ」

ぼくがいないとダメ――だから生きてほしい。

その言葉に、熱いものがこみあげてくる。

「ここまでしか考えていないのなら、これから先の人生をおれにくれ」

静かな幸福感とはまったく異質の、それでいてどんな浄福感よりも幸せだと思える熱い奔流のような、全身の隅々まで満たしてくれるような心地よさを感じる。

そして思った。

生きたい――と。

この先の人生を彼に捧げる。ああ、何て素敵なんだろう。すべてを彼に捧げて生きていく。そんな人生を送りたい。生きたい、ぼくは生きていきたい。

「生き……ま……す……生きた……」

「ああ、生きるんだ。そのためにもここを出よう。病院へ」

「でも……」

外にはジーマ軍がいる。あとでニコが息をひきとったか確認にくると言っていた。

「きみの体力だとカタコンベを抜けるのは無理だ。王城内を突破するしかない。少しだけ待っていてくれ、ジーマの兵がいたときは倒してくる」

レヴァンがマントを脱ぎ、ニコの身体を包んだ瞬間、大きく天窓がひらいた。

ジーマの部下が確認に？　ダメだ、と絶望が胸に広がったそのとき、美しい夜の月と同時に、レヴァンの部下スピロの声が聞こえた。

「レヴァンさま、お待たせしました。今から迎えに行きます。ジーマの軍が、全員、あなたに従うと。今からあなたが国王です」

レヴァンが国王、そしてミカリスが王太子に。ああ、その姿が見たい。ニコの内側から強い思いが湧いてきた。

「生きなければ……生きて生きて、それを見なければ」

ニコはすがるように水筒をつかみ、一口、二口と薬草入りのハーブ水を飲んだ。生きたい、生きなければ、ふたりのために、そして自分のために。そんな思いで、必死になって。

レヴァンが「そうだ、生きるんだ」と言ってニコを抱きあげる。

「ニコ、新しい世界が始まる。おれとミカリス、新しい国王と王子をきみが支えるんだ」

「ぼくが？」と声にできないまま、目で問いかける。

ああ、とレヴァンがうなずき、ニコのほおに優しくキスしてくる。

「そう、ふたりはきみの愛がないと幸せになれないんだ。だからずっとずっとこの先の人生を、ふたりに捧げてくれ。国王と王子に――――」

エピローグ

モルダヴィアに春がやってきていた。春先の薔薇が国を明るい色に染め、雪解けの透明な水が川を流れていく。空気が澄んでいるので夜に煌めく星の数も多い。

王城の裏口から坂を下りたところにひっそりと建った『ニコの幸せガーデン』というカフェに、毎夜、王が訪れているのは秘密だ。

だが、国民の大半は知っている。重臣たちももちろんだ。

ワンワン、ワンワンと、最近、そこに住むようになった二匹の犬が王の訪れを教えてくれる。子供用のベッドで眠っていた王子も目を覚まし、「パパ、パパ、パパがきたよ」と手を振る。

「ミカリス、ありがとう、教えてくれて」

ギィィと扉が開き、ふりかえると、あかりの灯った部屋の床に大きな濃い影がくっきりと伸びている。ニコはほほえみかけた。

「お帰りなさい」

宵の始まるころ、明るい月の光が降り注いでいる静かなカフェには、どこからともなく漂ってくる薔薇の香りに満ちている。

乾いた風が吹き抜けるなか、目を細めながら見つめた先に、ベッドから子供を抱きあげた長身の男がたたずんでいた。

黒い服の腰に剣をたずさえたレヴァンの頭上には王冠。その手には指輪。あの日、国境の近くに建つ修道院の地下の図書室で彼が見つけだしたものだ。

彼は王としての緊張から解き放たれたような清々しい表情をしている。ミカリスは白くて可愛い天使のような格好をしていた。

「……はい、今日の夕飯です」

彼の大好きなくるくるクレープとローズワインを用意しておいた。彼は城では夕飯を取らず、いつもここにご飯を食べにくる。

この『ニコの幸せガーデン』はランチタイムだけのカフェで、夜は王専用の食堂になっている。と同時に、王子専用の保育所にも。

レヴァンが国王になり、半年が過ぎた。最初の三カ月ほどは、国を立て直すので大変だったようだが、その間、ニコはずっと病院で療養していたので、あまり外の世界のことはわからなかった。ただミカリスと一緒だったので、毎日がとても楽しかった。

その後、国が安定したあと、王城にくるように誘われたが、断って、ここにカフェをひらくことにした。国王と王子がプライベートでくつろげる場所として。

「はい、前に約束していたミカリスの絵本。おれが子供のころに読んでいたおとぎ話でいいか?」

レヴァンは色彩豊かな絵で綴られた『秘密の花宿り』という絵本をテーブルに置いた。

「あんな昔の約束、覚えていてくれたなんて……」

ニコがミカリスに読みきかせるための本。とっくに忘れていたと思ったのに。

「きみとの時間はすべてが愛しい宝だ。忘れたものなんてひとつもない。その本を読み終えるころにはミカリスの保育所が城内にできているだろう。同世代の友人ができたほうがいい」

これから先、ミカリスは昼間は勉強のために保育所で過ごす。少し淋しいけれど、いろんなことを覚えて、たくさん友達を作って輝いてほしい。スピロたちがジーマではなく、レヴァンに従おうとしたように、家臣たちから信頼されるような人間に。

「よかったね、ミカリス、パパが素敵なご本をくれたよ、よかったね」

話しかけていると、改まった様子でレヴァンがニコの肩に手を伸ばしてきた。

「――ニコ……今日はおれの結婚話の件で……相談がある」

レヴァンはむずかしい顔をしていた。

「また催促されたのですか？」

「パーシャを王妃にしろと。形だけでもと」

もともと彼は王妃の候補だった。ワラキアとの友好のためにこの国にやってきたのだが、ジーマとの縁談がなくなったので、現在は王城のなかにあるハーブガーデンを任されている。ニコの店は彼が作ったハーブがなければ成り立たない。

なにより、あの地下牢で死にかけていたニコを助けてくれたのはパーシャがブレンドしたハーブ水の力もあった。ニコが拷問を受けたと聞き、怒りを感じたパーシャは城を脱けだしてスピロのところに行き、ニコに飲ませろとハーブ水を届けたのだ。その後も、ニコが寝こんでいる間、彼がせっせと薬草になるハーブを用意してくれた。おかげで元気になれた。

そう思いながらもやっぱり胸が軋む。

「あなたのいいように……」

王である以上、仕方ない。それはわかっているけれど。ベータである自分がとても哀しい。

「だが、パーシャは結婚には興味がないそうだ。無性愛者だそうだ。オメガでも自立して働く代表になりたいから、結婚はせず、ハーブガーデンで働きたいと。おれもそのほうがいいと思う。彼には、王妃ではなく、国民の健康を守る保健省の長になってもらうつもりだ」

「オメガ初の政治家ですか」

「そうだ。感染症から立ち直った老オメガもそこで働きたいと言うので、パーシャの相談役になってもらうことにした」

そのオメガには感謝しても感謝しきれない。ニコの教会の前で、よく物乞いをしていた病人。当たり前のように手を差し伸べたのだが、そのことをずっと忘れずにいてくれた。今度の日曜、パーシャとふたり、店に招待し、心を込めたおもてなしをする予定だ。

「善行は善行によってもどってくるのだ。きみのそうした生き方をおれは国政に生かしていくつもりだ。ミカリスもそういう王になるだろう。そして……おれはこうすることにした」

ミカリスをテーブルに座らせ、レヴァンはそのひざに冠をのせた。それが何なのかまだ二歳のミカリスはよくわかっていないが「きらきら、きらきら」とうれしそうにそれをくるくるまわす。

「彼が立太子するまで待ってくれ。あと四年……いや、正しくは五年か」

それから一年、王太子の期間を経て、議会と国民が認めたときは子供でも王になれる。ただし摂政がいる場合にかぎるが。

「ミカリスを王にし、おれは摂政として支える。摂政は婚姻してもしなくても問題はない。だが国王になればアルファかオメガの王妃が必要になる」

にこやかに微笑するレヴァンの言葉にニコは目を見ひらいた。

「生涯、王ミカリスを支える。その代わり、ベータと結婚する。それがおれの生き方だ」

「……そんな」

「今日は、改めてプロポーズにきた。五年先の予約をとりに」

「だけど、あなたには国王として実現したい理想が。平和な世界を作りたいという夢が」

「そうしたいんだ、させてくれ。王位などなくても理想の国を作ることはできる。理想の未来のため、きみと未来を作ることさえできればそれでいいから」

迷いもなくきっぱりと告げられた言葉に、ニコの双眸に涙がたまっていく。

「いいのですか……こんなに幸せになっても」

「きみは自分をよくわかっていない。このモルダヴィア王国を救った英雄なのに」

「え……」

「きみがミカリスの命を守ったことが今のこの国の平和と安定につながっているのに」

あのとき、城にいた騎士や兵士たちが全員レヴァンの即位を望んだ。ガロンスキーも悪政だったが、さらにそれを輪をかけたようなジーマのやり方に、全員、反発をおぼえていたのだ。

逃げようとしたジーマとその関係者は国境沿いで兵士たちに捕らえられ、抵抗したため、その場で戦闘になり、死亡してしまった。

「ぼくは……この国が幸せならそれでいいです。ぼくとあなたとミカリスのいる場所が幸せで平和なら。あなたがそれでいいなら。人生を捧げると約束したのですから」

レヴァンが一番幸せだと思える人生を支えていく。それがニコの幸せでもあるのだから。

「改めて求婚する。おれと結婚してくれ」

ニコの前にひざまずき、彼がその手をとり、マントの下に隠していた薔薇の花束を差し出してくる。

机に座ったミカリスが「わあい、わあい」と喜んで手をたたいていた。

「この子の父親と母親として、そして幸せな家族として生きていこう」

幸せな家族……その言葉に涙があふれそうになる。

このひとがニコが何者か見つけてくれたとき、死んでもいいと思っていた人生の残りを捧げようと決意した。その気持ちに変わりはない。

生きたい、この人に愛を捧げて生きたい、このひととミカリスに愛を捧げることがこれからの自分の人生だと思った。そのときからのニコの人生は、レヴァンとミカリスのものなのだ。

「ええ、ぼくの人生はあなたたちのものですから」

ニコは笑顔で花束を受けとった。

「わあいわあい、パパちゃとニコきゅんが結婚しゅる」

ミカリスがうれしそうに二人の胸の間ではしゃいだ声をあげる。

「さすがだな、おれたちの息子は。ちゃんと両親の幸せを理解し、応援してくれている」

なんていい子なのだろう。彼こそ天使だ、ふたりを結びつけてくれるかけがえのない愛し子。

「幸せになりましょうね、もっともっと。ぼくたちも、それからこの国のみんなも」

ニコがほほえみかけると、レヴァンが肩を抱き寄せてきた。

愛だけでつながった家族として、みんなで幸せになる。

国王と王子とが愛に満たされている国家。それはとても平和で幸せな国になるはずだから。

それがニコにはうれしくてたまらなかった。

みんなの笑顔のためにまた明日もおいしいものをたくさん作って、また愛する家族を精一杯愛していこう。そのなにげない日常の尊さが平和なのだと、心に感謝を忘れずに。

あとがき

本作はちょっと変化球のオメガバースです。テーマは再生と家族愛。お話の舞台は、東欧の南の方――黒海周辺の国々をイメージモデルにしました。時代は中世風ですが、今回はオメガバースファンタジーなので雰囲気重視を優先し、日本語英語や時代考証などをものすごくゆるめに設定して楽しんでみました。なので、気楽に読んでいただけたら嬉しいです。

八千代《やちよ》ハル先生、美麗な主人公二人にむぎゅっとしたくなる可愛い赤ん坊、東欧のフォークロア味たっぷりの衣装や風景、全てが素敵でとても幸せです。本当にありがとうございました。担当様、編集部の皆様、校正、デザイン、印刷、書店さん等々、関わって頂いた全ての皆様に感謝を。

最後になりましたが、何よりもここまで読んでくださった皆様に心から御礼を。担当様曰く、家族愛に加え、ミステリー+ジェットコースター感もあるみたいで。その辺りも楽しんで頂けました？　よかったら感想もぜひ。今年は何とデビュー25周年です。続けられたのは何より皆様がいらっしゃったからこそ。これからも何かしらお届けできたら嬉しいです。末長くお付きあいくださいね。

華藤《かとう》えれな

CROSS NOVELSをお買い上げいただき
ありがとうございます。
この本を読んだご意見・ご感想をお寄せください。
〒110-8625
東京都台東区東上野2-8-7　笠倉出版社
CROSS NOVELS 編集部
「華藤えれな先生」係／「八千代ハル先生」係

CROSS NOVELS

この美しい愛を捧げたい
～王とオメガと王子の物語～

著者
華藤えれな

2022年10月23日　初版発行　検印廃止

発行者　笠倉伸夫
発行所　株式会社 笠倉出版社
〒110-8625　東京都台東区東上野2-8-7　笠倉ビル
[営業]TEL　0120-984-164
FAX　03-4355-1109
[編集]TEL　03-4355-1103
FAX　03-5846-3493
http://www.kasakura.co.jp/
振替口座　00130-9-75686
印刷　株式会社 光邦
装丁　Asanomi Graphic
ISBN 978-4-7730-6352-3
Printed in Japan